集英社オレンジ文庫

ご旅行はあの世まで?

死神は上野にいる

彩本和希

ご旅行はあの世まで？

死神は上野にいる

So, you go on a journey to the Other World?

もくじ

So, You go on a journey to the Other World?

第一話　死神は上野にいる

ほんの数分前まで、今日で人生終わりだなんて思ってなかった。

まだ肌寒さの残る春の日暮れ時、俺は実家のそばにある川沿いの道を歩いていた。

川自体は、なんの変哲もない二級河川だ。子供の頃に、友達と石なんか投げて遊んだこともある、なじみの場所。川幅は四車線道路くらいだが、何日か前の雨で少し水量が多いかなという程度で、特に危険なところもない。

そんな川で、俺は溺《おぼ》れた。

川原にいた子供を助けようとした、と言えば聞こえはいいが、実際の出来事はもう少し間が抜けている。

浅瀬にぶちまけられたランドセルの中身。それを泣きながら拾っている男の子を見た。

大判の薄い教科書は、どれも低学年のものだろう。ライオンや熊なんかが表紙に描かれたそれはたっぷり水に浸《つ》かり、とっくに本としての役目を果たせなくなっていた。

自分で自分のランドセルを川にぶちまける子供はそういない。

何が起きたのかは一瞬でわかった。同時に、血管が絞られるように息苦しくなり、体が冷えた。気づいた時、俺はその子に声をかけていた。

同情や正義感なんていうたいそうな動機じゃない。子供時代、同じように、ゴミになった教科書を、泣きながら拾った記憶がよみがえったからだ。

「やめとけ。意外と深いぞ」

土手の上から声をかけると、小さな肩が打たれたみたいにびくりと跳ねた。子供は今まさに、浅瀬から川の中へと踏みこもうとしているところだった。

青い長袖《ながそで》のシャツやハーフパンツは泥にまみれ、振り返った顔はこわばっている。咎《とが》めてるわけでもないのにおびえた顔をするのは、見知らぬ大人に声をかけられたためか。それとも、黙っているとやたら不機嫌そうに見えるという、俺の顔つきのせいかもしれない。

固まっている子供に構わず、俺は土手から川原に下りた。浅瀬に散らばった教科書は、あらかた本人の手で拾われていたが、最後にひとつ大物が残っていた。

黒いランドセルが、べろりと舌のように上蓋《うわぶた》をあけて、川の中ほどに引っかかっていたのだ。川底に沈んだ流木か岩にでも引っかかっているのだろうが、流れは意外に急で、とても子供が拾ってこられるものじゃなかった。

川原に立ってそれを確かめたとたん、腸《はらわた》が燃えるような怒りがこみあげた。

「やられたのか？」

俺の問いかけに、子供は答えずに下を向く。歯を食いしばるように引き結んだ口もとを見て、俺は質問したことを後悔した。

嫌がらせなのかいじめなのか、別のトラブルなのかはわからない。だが、子供にだってプライドはある。誰にやられたにせよ、赤の他人に答えたくはないだろう。

「持っててくれ。俺が拾ってくる」

俺は紺の上着を脱いでまるめ、子供に押しつけた。

就職活動用に量販店で買ったスーツは、この一年半でずいぶんとくたびれている。足元を見れば革靴も営業マンなみにぼろぼろだ。こんななりじゃ今日の面接が不首尾に終わったのも当然かもしれない。

この際まとめて新調してやる、とやけくそ気味に決意して、俺が靴のまま川の中に足を踏み入れると、あわてたように子供が言った。

「い、いいよ！　自分で行くから」

「おまえじゃムリだ。いいからそこで待ってろ」

雨の後で川の水は少し濁《にご》っていて、思ったよりも冷たさはない。ランドセルのひっかかった場所に近づくと深さがまして、一気に腰の辺りまで水が来た。足を踏んばりつつ手を伸ばし、ランドセルを持ち上げると、案の定《じょう》、それは太い流木の枝に引っかかっていた。

「もういいよ！　どうせ使えないいんだから！」

浅瀬に足を浸《ひた》して、半泣きで子供が叫んでいる。ふざけるな、と俺は腹の中で反論した。

どうせ使えないこいつを、おまえは拾いに行こうとしてたんじゃないのか？　流木に引っかかった肩のストラップを外し、俺は黒いランドセルを引き上げる。いいよ、もういいよ！　となおも連発する声になぜか俺は苛立《いらだ》って、思わず怒鳴り返した。

「いいわけないだろうが！　あきらめてんじゃねぇ！」

バスケ部の声出しで鍛えた怒号はそれなりに迫力があったのか、子供がぴたりと黙る。怒鳴るついでにロングパスよろしく放ったランドセルは、中の水をまき散らしながら、川原にどしゃっと着地した。

そこで終わっていればよかったのだろうが、事故はその直後に起きた。ランドセルを外した時、引っかかっていた流木が動いたのか、ごとりと嫌な音がして、俺のいる足場が崩れたのだ。なんとかバランスを取ろうと足を踏み出した先に川底はなく、俺はいきなり水の中に沈みこんだ。

どうやらそこは、一八〇センチ弱の俺の身長でも足がつかないほど水深が落ち込んでいたらしい。

一瞬パニックになりかけたものの、さいわい泳げないわけじゃない。落ち着いて力をゆるめ、水面に浮上しようとしたところで、今度は突然、強い流れに襲われた。足が何かにからまり、ほどこうともがくうち、保持していた肺の空気が水中に一気に逃げる。

おい、冗談だろ。

不思議と静かな意識の隅で俺は思った。

こんな馬鹿げた終わり方があるのか？

自殺でも人助けでもなく、たかがランドセルひとつのために死ぬなんてことが。

「おじさん！」

どちらが天地かもわからない水の中で、一瞬、子供が叫ぶ声を聞いた気がする。

おじさんて何だ、俺はまだ二十二だ。

そんなことを考える間に、俺の意識は濁った水の中でブラックアウトしていた。


耳鳴りみたいな音が聞こえる。

いつの間にか、やけに明るい場所に俺はいた。

光の強さを瞼《まぶた》の裏で感じ、ゆっくり目を開けると、強い日差しに霞《かす》んだ青空と入道雲が見えた。

「え……？」

どういうわけか、どこかの家の、軒先の縁台に俺は腰かけている。

頭上でチリンと風鈴が揺れた。

目の前にあるのは、古びた石畳の道だ。

道の両脇には木造の家がいくつも並んでいるが、人影は見当たらない。

耳鳴りかと思ったのは、うるさいくらいの蟬時雨《せみしぐれ》だとその時気づいた。

やけになつかしい風景だが、そこは俺の知っている場所じゃない。

そもそも今は春先で、蟬が鳴くような時季じゃなかったはずだ。

なんだここ……。

近所の川で溺れたはずなのに、どうしてこんなところにいるんだと呆然としていると、さっきまで誰もいなかった石畳の道を、ぞろぞろと観光客の一団が通りがかった。

パナマ帽にワイシャツ姿の老人や、きりっとした和服姿の老婦人、浴衣《ゆかた》姿で団扇《うちわ》をあおぐ男性と、服装はさまざまだが、顔ぶれを見るかぎり高齢者向けのツアーだろう。

その証拠に、先頭を歩くのは添乗員らしき若い女性で、赤い三角旗を振りながらしきりと声をはりあげている。

「はい後ろの方ー！　ちゃんとついて来てくださいねー。もうすぐお食事処《どころ》ですよぅ。そこで最後のお食事になりますからねー！」

この暑いのに大変だな、と道端《みちばた》に置かれた縁台の上で俺は思う。

すると、行き過ぎる一団から、ふと会話が漏《も》れ聞こえてきた。

「やれやれ、これで天国は三度めか」

手帳みたいなものを眺めて言ったパナマ帽の老人に、隣を歩く浴衣姿の男性が答える。

「あちらはいいところですが、刺激がなさ過ぎてちと退屈ですからなぁ」

「あなたは三年でお戻りでしたな」

「ええ、ええ。現世にとんぼ返りですわ。次はどんなところに生まれ変わるのやら」

「まだお決めになってないんですか」

「最初っからあんまりきっちり決めておくと面白みってもんがありませんからな。次はおまかせにしてみようと思っとるんですわ」

「それも楽しみのひとつか。さきほど別れた方はすすんで地獄めぐりに旅立たれましたよ」

「ああ、そりゃお若いなぁ。あれはよほどバイタリティがないと耐えきれん。私は一度で充分ですわ」

ぱたぱたと、団扇で浴衣に風を入れながら男性が感心する。

聞くともなしに会話を聞いていた俺は、「天国」やら「地獄」やらの単語に首をひねった。

流行《はや》りのゴルフコースか何かだろうかと思ううちに一団は通り過ぎ、ジワジワと石畳に蝉の声が反響する。

いいかげん、こんなわけのわからない場所にいつまでもいるわけにいかない。

さっきの観光客の一団について行ってみようかと、立ち上がりかけた時だった。

陽炎《かげろう》のたちのぼる石畳の道の先に、人影がぽつりと見えたかと思うと、みるみるこちらに近づいてくる。猛然と駆けてきたそいつは、砂埃《すなぼこり》を巻き上げるいきおいで急停止すると、俺のいる縁台の前に立ちはだかった。

立っているのは見も知らぬ男だ。

背丈は俺よりあるだろう。日本人離れした足の長さと、服の上からでもわかる、しっかり筋肉のついた体つき。

身にまとう三つ揃いのダークスーツは見るからに仕立てがよさそうで、昔の映画俳優みたいなソフト帽を被っているせいか、妙な存在感がある。

一瞬ぞくりと背筋が冷えたのは、整いすぎたそいつの顔立ちのせいだけじゃない。

帽子の陰からのぞく切れ長の目。そこに宿る眼光が、人ならざる輝きをおびているように見えたからだ。

殺《や》られる。

男の眼光にさらされたとたん、俺はなぜかそんなことを思い、逃げ出したくなった。

野生動物は、相手の目を見た瞬間、力関係を悟るという。

いじめにさらされた子供時代に磨かれた本能が、身の危険を察知したのかもしれない。

ひとまずこの場から逃れようと腰を浮かせた時、俺より先に男が動いた。

「ツ……」

西瓜《すいか》すらわしづかみにできそうな手でいきなり両肩をつかまれ、不覚にも息をのむ。

しかし次の瞬間、男の顔を間近で見て、俺はあっけにとられた。

男はソフト帽の下で顔をゆがめ、ぼろぼろと涙を流していたのだ。

「うっ……ううっ……」

感極《かんきわ》まったように嗚咽《おえつ》をもらし、男泣きに泣いている。

「え」

予想外の展開に困惑《こんわく》していると、男はむせび泣きながら何度も俺の肩を叩いた。

「うんうん。がんばった！　偉かったね！　なかなかできることじゃないよ。ううっ」

「ちょっ……。なんですか、いきなり」

なんだかよくわからないが、見ず知らずの、それも男にこんなに感激される理由が思い当たらない。若干《じゃっかん》引き気味に俺が聞くと、男は涙をぬぐい、おもむろに、スーツの腰の辺りから銀色の長物《ながもの》を引き抜く。

長ドスでも出すのかと身構えたとたん、目の前にはらりと、三角の旗が翻《ひるがえ》った。

「遅くなっちゃってごめんね！　こんなところに一人で不安だったでしょう。ちゃんと責任もって僕が最後までご案内するから安心して」

よく見れば、男が手にしているのは、さっきのツアーで添乗員が持っていたのと同じ、三角旗だった。ちがうのは旗の色だけで、こちらは青だ。

「いや、あの。どなたかと、お間違えなんじゃ……」

とりあえず、俺は観光ツアーに参加したおぼえはない。

「何言ってるの。君、琴寄楓《ことよりかえで》くんでしょう？　人違いなんかじゃないよ」

さらりと口にされた自分の名前に、俺はぎょっとする。

「なんで俺の名前」

「もちろん、リストに名前があったからさ。だからこうして迎えに来たんじゃないか」

「迎えにって言っても……」

ひょっとして、応募していた企業の採用担当が面接の件で迎えに来たんだろうか、と俺は一瞬考えたものの、旅行会社はなかったはずだと思い直す。

「ああ、これは失礼。あわてていて、ご挨拶《あいさつ》が遅れてしまった。僕はこういう者です」

俺の困惑《こんわく》をよそに、男は旗を小脇に抱えると、居住まいを正し、流れるような動作で名刺を差し出した。

「けいぶ……さん？」

刑部蒼馬、と印刷された文字を見て俺が呟《つぶや》くと、男は「いえ」と口をひらく。

「おさかべそうま、と読みます。あんまり初対面で読める方はいらっしゃらないんですが、自分ではけっこう気に入ってるんですよ。いかにも死神らしい名前でしょう？」

そう言ってにっこり笑った男——刑部《おさかべ》なる人物を見て、俺は絶句する。

「あの、今なんて？」

空耳でなければ、死神、と聞こえた気がするのだが。

刑部は俺の質問に答えるかわりに、帽子を脱ぎ、胸元に構えて丁寧《ていねい》に一礼した。

「僕は死神の刑部蒼馬《そうま》と申します。終末旅行のご案内にまいりました」

どうぞよろしく、という言葉とともに向けられたのは、極上の営業スマイルだった。

あっけにとられていたのはどのくらいの時間だろうか。

衝撃から回復した俺は、ゆるゆると再び名刺に視線を落とした。

そこには、フルネームの脇に「死神旅券発行事務所上野《うえの》支部」と記されている。

当然という雰囲気で印刷されている「死神」の文字が激しく異様だ。

「死神……って、死んだときに来るっていう、あれ？」

「はい」

　刑部は笑顔で答える。

「俺、死んだの？」

「はい、さきほど。ご立派な最期《さいご》でした」

　またしても笑顔。

「僕もずいぶん多くの死者を送り出してきましたが、幼い子供のランドセルのために貴重な命を落とすなど、やろうと思ってなかなかできることではありません。それも、自分の子供でも知り合いの子供でもない、赤の他人のランドセルのために。だって考えてもみてください。ランドセルですよ？　たかが鞄ですよ？　子供が溺れてたわけじゃないんですよ？　それなのに、虐《しいた》げられた子供の心の痛みをやわらげようと、ランドセルのために一生を終えるなんて、死神の僕ですら涙を禁じえず……ううっ、ランドセル……！」

「ランドセル連呼するな！　情けなくなるだろ⁉　あと泣くな！」

　帽子を抱えて感極まったように声を詰まらせる死神を見て、俺は思わず叫んだ。

「ああ、これは申し訳ない。どうも最近涙もろくて。それでは早速ご旅行の手続きに入りましょうか」

死神はそっと目頭《めがしら》を押さえると、気を取り直したように上着の懐《ふところ》を探り、やおら三冊の手帳を取り出した。

「どうぞ、お好きな旅券をお選びください」

「お好きなって……」

「天国、地獄、来世でも、どこへなりとお望みの場所へ送ってさしあげますよ」

「俺、死んだんだろ？　自分で行き先選ぶの⁉」

正直、こんなあっけない（しかもある意味馬鹿丸出しな）死に方をしたなんて受け入れがたい。が、同時に、さっきのツアー客の老人たちが話していた「天国」やら「地獄」やらの話はこのことかと納得がいった。

そもそも、季節感を無視したこの不可思議な場所や、芝居じみた男の存在感は、どう考えても現実の出来事とは思えない。

とはいえ、百歩譲って自分が死んだのだとしても、神様とか閻魔《えんま》大王とか、なんだか偉そうな存在が出てきて天国行きか地獄行きか裁きを下されるものと思っていたのだが。

「もちろんです。自分で決めた行き先でなくては旅を楽しめませんからね。さあ！　遠慮なさらず、はりきってどうぞ！」

華麗な指さばきで死神はぱらりと三冊の旅券を見せて、ぐいぐい差し出す。

どうぞと言われて「よろこんで！」とすかさず天国行きの旅券をもぎ取れるほど、俺はノリが良くもないし図々しくもない。

というか、そもそも死神の差し出している灰色の旅券は何も書かれてなくて、行き先がどこなのかもわからず、選びようがなかった。

「これ、ひょっとしてババヌキと同じルール？」

猜疑心《さいぎしん》にかられつつ、俺は聞いた。自分で選ばせておいて、旅券を開けたら「地獄行き」と書かれてるオチしか見えないんだが。

「とんでもない！　この僕がそんなインチキするようなうさん臭《くさ》い人間に見えますか？」

死神は心外そうな顔をする。見えないと思ってる方が意外だ。

「だったら行き先くらい書いておいてくれ。全部同じじゃ、選びようがない」

俺が文句を言うと、死神はけげんそうに俺を見下ろした。

「これが同じに見えるんですか？　ちなみに何色？」

「灰色だろ」

俺の答えに、死神は真顔になって三冊の旅券をしまうと、おもむろにポケットからスマートフォンを取り出して確認する。

俺は思わず二度見した。死神がスマホ？

死神は手慣れた動作で画面を操作すると、頭をひとつかいて、ぼそりと呟く。

「あー……やっぱりそうなるかぁ……」

意味ありげな独り言に不安がつのったところで、男は気まずそうにこちらを向いた。

「申し訳ない。実はちょっと手違いがあったみたいで、まことに残念なんですが、今回のご旅行はキャンセルということで」

「は？　キャンセル？」

俺は目を剝《む》いた。

「リストから急に名前が消えちゃったみたいで。たまにあるんだよねぇ、こういうこと」

死神は困ったようにそんなことを言う。いきなり口調がくだけたのは客じゃなくなったからか。変わり身が早いにもほどがある。

「せっかくの終末旅行だったのに、ぬか喜びさせちゃったみたいでほんとごめんね」

「いや。べつに喜んでないし」

そもそも死んだつもりも終末旅行とやらに出かける予定もなかった。

「あ、でもこれからいくらでも機会はあるから気を落とさないでね。戻ったら、ちょっと怖い目に遭《あ》うかもしれないけど、困ったことがあったらすぐ名刺の番号に連絡して！」

「怖い目ってなんだよそれ」

死ななくてすんだかと思えば、いきなり妙な脅《おど》しをかけられて俺は困惑する。

「今は時間がないから説明できないけど、電話もらえたら対処できるから。そうだこれ。うちの粗品《そしな》だけどけっこう役に立つんだ。持ってって！」

死神はすまなそうに言うと、俺の手になにがしかをぎゅっと握らせる。

「いやちょっと待て。時間ないって嘘だろ。ちゃんと説明しろよ！」

一方的にまくしたてられ、さすがに腹が立ってきた。食い下がろうと立ちあがったとたん、俺は愕然《がくぜん》とする。

「え、なんだこれ……」

見れば、自分の足が透けていた。と思うと、膝《ひざ》から腿《もも》、腰から胸と、水位が上がるみたいに自分の体がみるみる見えなくなっていく。

「おい死神！」

恐怖にかられて俺が叫ぶと、遠くの人間に呼びかけるような声で死神が言った。

「もう時間なんだ。いいね、ちゃんと電話してよ！」

どこまでも奇妙なその場所で、最後に聞いたのはそんな言葉だった。

目が覚めると、クロスのはがれかけた天井が見えた。

かすかな薬品の匂《にお》いと、ナースコールつきの白いパイプベッドなんかで、ここが病院なのだとわかった。

臨死体験にしても末期《まつご》の夢にしても、ふざけたものを見た。

溺れたあと、地元の市営病院に俺は運ばれたらしい。

ランドセルを拾った場所から少し下流の川原に、俺の体は流れついたそうだ。

病院に駆けつけた母親には、当然泣かれた。

就活ノイローゼで川に飛び込んだと思われたのだ。

「仕事なんか決まらなくたって、生きてればなんとかなるわよ。いざとなればお兄ちゃんと一緒にうちで働けばいいんだから。しばらくゆっくり休みなさい！」

面接はどうだっただの、どこでもいいからさっさと決めてこいだの、毎日やいやい言ってきたのはどこの誰だと思うような母親のセリフを聞いて、俺はあきれつつもほっとした。

実家は三代続く造園業で、七つ年上の兄が継ぐことが決まっている。

十代のころから進路を決めていた兄と違って、俺は家業には全く興味を持てなかった。かと言って他にやりたいことがあるわけでもなく、早々に生き方を決めた兄に引け目を感じながら進学した大学だ。そのくせ内定ひとつ取れないまま卒業を迎えたんだから、家族の反応が世間以上に厳しくなるのも当然だと思う。

　今回の件は、都内での就職をあきらめ、地元で仕事を探そうと企業を回りはじめた矢先だった。このタイミングでは、自殺を疑われたのも無理ないのかもしれない。

　ランドセルの子供はあれきり姿を消したのか、川原には俺の上着だけが残されていたという。まるめて置かれていたそれを、搬送先《はんそうさき》の病院に警官が届けてくれた。ポケットには財布や携帯も入っていたから助かった。

「あんたを助けてくれた人だけど、結局まだ連絡つかないのよ」

　意識が戻ったあと、ひとしきり泣いて怒って諭《さと》した後で、気がすんだようにガーゼのハンカチで目もとをぬぐいながら母親が言った。

「俺を助けてくれた人？　ひとりでに川原に流れ着いてたんじゃなかったのか？」

「まあ、助けてくれた人かどうかは実際のところわからないんだけど。見つかった時、流木みたいに川原に転がってたって言ったでしょう？　その時のあんたね、これを握りしめてたみたいなのよ」

　身もふたもない説明の後で母親が差し出したのは、水に濡れてぐしゃぐしゃになった名刺だった。

　刑部蒼馬《おさかべそうま》の「刑部」の部分と、死神旅券発行事務所の「死神」の部分はインクがにじんで読めなくなってしまっているが、あのふざけた死神にもらったのと同じものだ。

「警察の人も、あんたの身元が最初わからなかったから名刺の番号にかけたそうだけど、誰も出なかったって。私も試しにさっきかけてみたけどつながらなかったわ」

そんな話を聞かされ、俺は混乱した。

目覚める前に見た光景は、臨死体験と呼ぶには能天気すぎ、ただの夢で片付けるには鮮明すぎた。名刺がここにあるのなら、俺が見たのも現実ということなのだろうか。

「それからこれも、一緒に握ってたって言うんだけど」

母親は不審そうに一枚の布きれを広げる。それはどう見てもありふれた眼鏡拭《ふ》きだ。

しかも、そこに染め抜かれている文章ときたら。

「『最高の終末を！』ってこれ、なんだか縁起《えんぎ》でもない感じよね」

「粗品らしいよ、事務所の」

俺が答えると、あら面接先でもらったの、と母親は納得したように返してよこした。葬儀関係の企業だと思ったんだろう。

打撲とすり傷程度ですんだ俺だったが、多少は水も飲んでいたため、一晩入院することになった。

母親が着替えを取りに家に戻ると、俺は改めて名刺と眼鏡拭きを見なおした。

あのふざけた死神は、「困ったことがあったら電話して」とかなんとか言っていたが、今のところ別段困るようなことも起きていない。

おまけに、「役に立つから」と言って渡されたのはよりによって眼鏡拭きだ。

両目1・5で眼鏡の世話になったこともない俺に、これを一体どうしろと言うのか。

「……ないな」

俺は名刺をサイドテーブルの抽斗《ひきだし》に放り込むと、ごろんと横になった。

テーブルの上に眼鏡拭きを残したのは、あとで携帯の画面でも拭くのに使おうという、貧乏性ゆえの行動にすぎない。

目を覚ます前に見た光景がただの夢にしろ臨死体験にしろ、どっちみち死神なんてものに用はないし、かかわりたいとも思わなかった。

退院して日常に戻れば、どうせすぐに記憶も薄れてどうでもよくなる。

その時は、そんなふうに気楽に考えていた。


長い一日が終わるころ、仕事を終えた親父たちが作業着のまま病室を訪れた。

「まあ、命があっただけめっけもんだな」

丸椅子に腰かけて、母親が持ってきた煎餅《せんべい》をバリバリむさぼりながら言ったのは初代の俺のじいさんで、その隣でひややかな反応をよこしたのは三代目の俺の兄だ。

「おまえ、時々感心するくらい突き抜けたヘマするな」

「子供のランドセル拾おうとして死にかけたって聞いた時は冗談かと思ったが、ほんとだったんだなぁ。助かって何よりだ」

ほっとしたように息をついたのは二代目の親父で、少しは心配したのかと思えば、しみじみと遠い目をする。

「そんな理由で死なれちゃ、さすがの俺もどんな顔して葬式出せばいいかわかんなかったろうからなぁ」

「悪かったな」

三代揃って口の悪い男たちの反応に、俺は少しふてくされる。

母親のように怒って泣かれても困るが、ここまで通常どおりというのもどうなのか。

「うっかり溺れるおまえみたいな奴は、安易に他人様《ひとさま》のことに手を出しちゃならねぇんだよ。手を出すなら、自分の身もしまいまで守んな」

とはいえ、さすがにそう言われるとぐうの音《ね》も出ない。

「まぁ、しばらくゆっくり養生しろや。あとのことは、落ち着いてから考えりゃいいさ」

じいさんの言葉に、ほかの二人も同意するようにうなずいた。

帰り際《ぎわ》、じいさんと兄貴が病室を出ていくと、最後に親父は俺を振り返った。

「安心しろ。おまえの就職のことは、もうこっちもあきらめてるから。母さんに、あんまり心配かけるようなまねするな」

冷水《ひやみず》を浴びせられた気がしたのは、その言葉で親父も俺の自殺未遂を疑っているとわかったからだ。

とっさに違うと言いかけた俺は、なぜか息が詰まったように何も言えなくなり、黙って見送ることしかできなかった。

そんな自分がおかしいと気づいたのは、その夜のことだ。

一泊のみの入院ということで個室に入れられていた俺は、やけに息苦しくてなかなか寝つけなかった。

枕や環境が変わったくらいで眠れなくなるほどやわじゃないつもりだったが、なぜか背筋がぞわぞわするみたいに不快で、いやなことばかり思い出す。

立て続けの圧迫面接で、終わった後に吐きそうになったことだとか、早々に内定をもらった友人たちが日に日に気まずそうに距離を置き、俺の目を見て話さなくなったこと。

結局在学中に内定が出ないまま、実家に戻った日の家の中の寒々しさ。

その時は目をそらして、深く考えないようにしていた出来事が、次々に脳みそを抉《えぐ》るようによみがえって、そのたびに知らずうめき声がもれる。

ひとついやな過去を思い出すたび、自分の無力さや無能さを突きつけられて、情けなさに消えたくなった。

とめどなくあふれる過去の記憶と自己嫌悪は、俺自身が思い出しているものじゃなく、まるで真っ黒な何かから流れ込んでくるみたいだ。

冷や汗をかきながらそんなことを考えたとたん、悪夢から覚めるみたいに苦痛が鎮《しず》まる。

……俺自身のものじゃない？

一拍おいて、はっと目を開けた俺は、明かりの消えた病室を見回して愕然とした。

眠る前の記憶では、窓にかかるカーテン越しに外の薄明かりが忍び込み、病室は完全な闇ではなかったはずだ。

それが今、真っ黒い何かがのしかかるように俺の体を覆《おお》い、押さえつけている。

信じがたい状況に、全身に寒気が走った。

金縛《かなしば》りなんて生易《なまやさ》しいものじゃなく、真っ黒い何かは俺が意識を向けるとたちまち、思い出したくもないような過去の出来事を送りこんでくる。

出来事の種類も時系列もランダムに、次々といやな記憶が流れこむ感覚は、まるでパソコンの検索結果が表示されるみたいだ。

「く……そっ」

自分のものなのに、自分の意志と関係なく侵入してくる記憶の奔流《ほんりゅう》に、血を噴くような怒りがわきあがる。

どうにか真っ黒い何かをはねのけようと、俺はかろうじて動く右腕で周囲をまさぐった。

指先が何かをつかんだ瞬間、脳裏に再生された鮮やかな映像に、俺は目をみはる。

それは、子供時代の二つの記憶だった。

雨に濡れた校庭にランドセルの中身をぶちまけられた時の記憶と、もうひとつ。

ドロドロになった教科書を泣きながら拾い、家に帰ったあとの、記憶。

——そういう時はな、楓《かえで》。黙ってちゃいけねぇんだ。

降りしきる雨を肴《さかな》に、早めの一杯をつけながら言ったのは、じいさんだったか。

悪意をかわす知恵もなく、気弱でのろくさかった俺を慰《なぐさ》めるでも叱《しか》るでもなく、じいさんはほろ酔い加減でこう言ったのだ。

——いやなことをされたらがまんしなくていい。怒っていいんだ。

——こう、下っ腹に力を入れてだな。ガツンと言ってやりゃいいんだよ。

俺は、眉間《みけん》に力を入れて、のしかかる真っ黒い何かを睨《にら》みつけた。

「ふ……っ、ざけんじゃねぇ!!!」

腹から絞りだした怒声とともに、つかんだ何かを渾身《こんしん》の力でそいつに叩きつける。

とたん、蒼白《あおじろ》い光がスパークし、真っ黒い何かは粉々にはじけ飛んで霧散《むさん》した。

一気に体が楽になり、ベッドの上で汗だくになって息をはずませていると、血相を変えた看護師さんが飛び込んでくる。

「琴寄《ことより》さん⁉　どうしたんですか？」

「……いや、ちょっと寝ぼけたみたいで」

容体が急変したのかと処置を施そうとする看護師さんに、俺はあわてて弁解した。

真っ黒い何かに襲われてましたなんて、とても言える状況じゃない。

「でも、一瞬ものすごい青い光が見えたわよ？　漏電《ろうでん》かもしれないから動かないで！　人呼んでくるから！」

看護師さんは俺の容体を確かめると、そう言い置いて病室を出ていく。

残された俺は、看護師さんにもさっきの光が見えたことに驚いた。

一体どうして、あんなSFまがいの芸当ができたのかと思ったところで我に返る。

「あ」

ベッドサイドのテーブルを見ると、あの眼鏡拭きが消えていた。

かわりに、焦《こ》げたような布の断片が床の上に落ちている。

ばたばたと駆け戻ってくる看護師さんの足音を聞きながら、俺は放心して呟いた。

「たしかに……使えるな」

死神の眼鏡拭きは、想像以上に役に立った。


翌日、退院手続きを待つ間、俺は名刺の番号に電話をかけた。

０３で始まる代表番号を押し、息を詰めるように呼び出し音を聞く。

つながってほしい気もしたが、同時に間違いであってくれとも願っていた。

『はい、死神旅券発行事務所上野支部』

三コールめで、愛想のない男の声が電話に出た。俺が会ったのとは別人の声だ。

あっさり電話がつながったのと、あっさり口にされた「死神」の単語にあわてつつ、俺はぎこちなく名乗る。

「突然すみません。琴寄楓という者です。昨日、そちらの刑部さんという方にお世話になったんですが」

『刑部ですか。少々お待ちください』

内線が切り替わる音がして、こんどは聞きおぼえのある声が電話に出た。

『やあ楓くん。無事に生還できたみたいだね』

どこまでもほがらかなその口調は、夢で聞いたのとそっくり同じものだった。

「刑部、さんですか。本当に？」

行きがかり上、疑う口調になった俺に気を悪くした様子もなく、死神は即答する。

『死神の刑部蒼馬。そう名乗っただろ？　電話くれたってことはやっぱり何かあったね』

「やっぱりって、じゃあ、あれが何なのか知ってるんですか」

昨夜、のしかかってきた真っ黒い何かを思い出して俺が言うと、死神は落ち着いた声で説明した。

『あれは、揺り戻しというか、ちょっとした後遺症みたいなものでね。終末旅行がキャンセルになると出てくるものなんだ。怖かったろ』

ちょっとした、と言うにはかなり激しいしろものだったが、素直に怖かったと答える気になれず、俺は「多少」と言葉を濁す。

『別れ際にもっと説明できればよかったんだけど、あれが精一杯でさ。キャンセルになったお客さんには、こっちが先に連絡しちゃいけない規約があるから、ずっと電話待ってたんだ。かけてくれてよかったよ』

「でも、警察やうちの家族がかけた時は、つながらなかったって聞きましたけど」

『ああ。この番号、波長が合う人じゃないとかからないようになってるからね』

「波長？」

『そう。一度でも僕たち死神とかかわって、ご縁ができた人ってこと』

死神とのご縁なんてこれっぽっちも欲しくない、と俺は思ったが、電話の向こうの死神の声は心なしかうれしそうに聞こえる。ついでのように、死神はさらりとのたまった。

『揺り戻しが来るのは数日おきだから、次はしばらくは猶予《ゆうよ》があると思うよ。安心して』

ちょっと待て。

「数日おきって、何度も出てくるもんなのか!?」

あんな目にまた遭うなんて、考えただけで冷や汗が出る。

『迷惑だよねー、ほんと。でも、防ぐ方法はちゃんとあるから大丈夫。楓くん、数日中にこっちに来られる？　一度会って、ちゃんと説明するからさ』

「そっちって……あの世ですか」

蟬時雨が降りしきる、あの不可思議な場所を俺が思い浮かべると、『ちがうちがう』と死神は笑いながら否定する。

『れっきとした現世だよ。渡した名刺にちゃんと書いてあったと思うけど』

俺は眉を寄せた。死神旅券発行事務所、という会社名の後に記されていたのは確か。

「上野支部？」

『そう。僕たちの職場があるところ。上野公園だよ』

かくして俺は、妙ないきさつで死神に会いに行くことになったのだった。


上野《うえの》に大仏があるなんて知らなかった。

翌日、体調もすっかり回復した俺は、二時間かけて上野公園までやって来ていた。

『うちの事務所、関係者以外入れないから、上野大仏の前で待っててくれるかな。今ちょっと立て込んでる時期なんだけど、昼休みになったら抜けられるから』

電話ではＯＬみたいなノリで刑部《おさかべ》が言っていたが、上野公園に死神の仕事場があるのも、大仏があるのも全くの初耳だ。

上野公園と言えば西郷《さいごう》さんじゃないのかと突っ込みながら、公園口改札を出る。

平日でも家族連れや観光客が行きかう公園の、文化会館と美術館の間を抜け、さくら通りの方へ向かうと、並木の桜はとうに散って、薄緑のみずみずしい葉桜に変わっていた。

まだ暑いとまでは言えないが、日差しは結構強くて、俺の足元にはくっきり影ができる。

木漏《こも》れ日の下を歩いてゆくと、右手の高台に手作り風の看板が見えた。古びた石段を上った先、誰もいない境内《けいだい》に、確かに大仏はあった。

あったのだが。

「え、顔だけ？」

鎌倉《かまくら》の大仏みたいな姿を想像していた俺は、薬師如来《やくしにょらい》の仏塔脇に鎮座《ちんざ》する大仏の姿を見て困惑《こんわく》した。大仏は大仏だが、そこには石碑の壁面にのっぺりと巨大な顔だけがはめこまれていたからだ。

これを大仏と言い張るのはいかがなものだろうと思っていると、ふいに背後から声をかけられる。

「あの、すみません」

やわらかい女の声に振り向くと、いつの間にかそこには、白いワンピース姿の女性が立っていた。年齢は二十代後半か、もう少し上くらいだろうか。

まだ四月下旬だというのに半袖《はんそで》姿なのが少し涼しげだが、肩までの長さの髪と、やわらかい雰囲気の顔立ちには合っている。

「琴寄楓《ことよりかえで》さん、ですよね」

突然現れた見も知らない女性に名前を呼ばれ、俺はぎくりとした。死神の時もそうだったが、一方的に名前を知られているというのは気持ちのいいものではない。

「そう、ですけど」

どこかで会ったことがあっただろうかとめまぐるしく記憶をたどっていると、女性はいきなり頭を下げた。

「申し訳ありません！」

「え？」

「息子を……晴樹《はるき》を助けてくださってありがとうございます。あの子、琴寄さんにあんなにお世話になっておきながら逃げ帰ってしまって、本当に申し訳ありません！」

膝《ひざ》に額《ひたい》がくっつきそうな勢いで頭を下げられ、度肝《どぎも》を抜かれた俺だったが、息子を、の言葉を聞いて思い当たる。

「ひょっとして、あのランドセルの子のお母さん、ですか？」

「はい。渡会梨南《わたらいりな》と申します。もっと早くお礼にうかがいたかったんですが、ずっと声をかけることができなくて、こんなところまで押しかけてしまって……」

頭を下げたまま、渡会という女性は涙ぐんでいるようだった。日の当たる石畳に、ぽつりと水滴がにじむ。

「あ、いや。もう気にしてませんから、頭を上げてください」

　後から来た参拝客が、不審そうに遠巻きに見ているのに気づいて俺があわてて言うと、女性はゆるゆると顔をあげる。

「ですが、琴寄さんに申し訳なくて……」

「あれは俺が勝手におせっかいをやいたようなもんですし、あげくに溺《おぼ》れたんだから、人助けにもなってません。むしろこっちこそ、トラウマ植え付けたみたいになっちゃって」

　恐縮する俺に、女性はうつむいたまま、小さく首を振った。

「いいえ。琴寄さんが声をかけてくださらなかったらあの子、一人で川の中に入ってました。親切にしていただいたのに、お礼も言わずに帰ってくるなんて」

「あ、でも、助けを呼んでくれたのはお子さん……晴樹くん、みたいですよ。公衆電話からだったそうですけど、子供の声で溺れてる人がいるから助けてって電話があったって」

　俺が川で溺れた時の経緯《いきさつ》については、いちおう病院にいた時に、事件性がないかどうか警察から確認された。１１０番通報があったことはその時に聞かされたのだ。

　子供のランドセルを拾おうとしたという話を、うちの母親は自殺未遂をごまかすための言いわけだと思い込んでいたが、警察が納得してくれたのは、その通報の件があったからだろう。

　子供がどこの誰だったかまでは調べてみないとわからないと言っていたが、あるいは警察から親御さんに連絡が行ったのかもしれない。

「そう、だったんですか？」

しかし、通報の件は知らなかったのか、濡れた顔をあげて、渡会という女性はぽかんとしたように呟《つぶや》いた。

「あの子、公衆電話なんて使えたのね」

などと、不思議そうに疑問を口にした女性だったが、我に返ったように縮こまる。

「だとしても、言いわけになんてならないです。できることならここに引っぱってきて、自分の口からお礼を言わせなきゃならないんですけど、今のわたしにはそんな力もなくて」

「そんなにお子さんを責めないでください。きっと、びっくりしたし、怖かったんだろうと思います。それに、学校なんかでも、いろいろつらいことがあるのかもしれないし」

川の真ん中に投げ捨てられていたランドセルを思い出し、俺が言葉をにごすと、女性は顔をこわばらせる。それきり黙りこくった表情を見れば、息子の置かれた状況に気づいているのは明らかだった。

「ええと。晴樹くん、あれから元気にしてますか」

いじめられてるのかとはさすがに聞けず、遠回しな尋《たず》ね方になった。

「学校は、あれからずっと休んでます。習い事には行ってるんですけど」

そんな答えを返して、女性はためらうように口ごもる。

「あの」

俺を見あげ、口を開きかけた彼女は、はっとした顔で目をみはると、急に落ち着かない態度になった。

「あ、あ……わたし、もう行かないと。本当に申し訳ありません。また、改めてお礼にうかがいますから……！」

あわてた様子でそう言い置いて、逃げるように身を翻《ひるがえ》し、石段を駆け下りてゆく。

「そんなのいいですって！」

俺はその背中に呼びかけたが、聞こえていたかどうかわからない。

「何がいいんだい？」

「うわ!!」

だしぬけに背後、しかも近くから声をかけられ、俺は飛び上がった。

何事かと振り返れば、のぞきこむように立っている男の姿がある。英国紳士みたいなしゃれた三つ揃いにサングラスをかけた男は堅気《かたぎ》には思えず、俺はついのけぞったが、よく見ればその顔は溺れた時に会った死神、刑部蒼馬《そうま》のものだった。

「い、一体どこから」

背後から声をかけるのがはやってるのかと顔を引きつらせながら尋《たず》ねれば、刑部はことなげに答える。

「反対側にも石段があるんだよ、ここ。それより、待たせちゃったみたいだね」

すまなそうに言うと、刑部はサングラスをはずした。

とたん、不審者でも見るように、遠巻きに囁《ささや》きあっていた観光客だか参拝客だかのご婦人方が、いっせいにうっとりとため息をつく。冗談みたいな反応だったが、現実離れした美形を見れば確かにそうなるのかもしれないと俺は思った。

整ってはいても、女々《めめ》しさのかけらもない刑部の顔立ちは、繊細というより精悍《せいかん》な印象で、二枚目と呼びたい雰囲気がある。サングラスを胸ポケットにしまう仕草ひとつとっても隙《すき》がなく、身につけたスーツのせいもあってか、舞台俳優みたいな存在感だった。

「いや、俺が早く来過ぎただけですから」

そのうち、ご婦人方がサインをよこせと詰め寄ってくるんじゃないかと心配になり、じりじりと距離を取りつつ俺が答えると、刑部は不思議そうに聞いてくる。

「どうかした？」

「改めて聞くのもなんですけど、本当に死神、なんですよね」

声を落とし、俺が真顔で聞くと、刑部の顔からほんの一瞬、表情が消えた。

ギャラリーと化しているご婦人の一団にちらりと視線を走らせた彼は、最初に会った時のような愛想たっぷりの笑顔をうかべ、俺に言う。

「その話は、お昼でも食べながらゆっくりしようか。楓くん、お腹《なか》は空《す》いてる？」

俺の腹時計は電波時計より正確だ。空いてる、とすかさず答えた。


目の前で湯気をたてる特上のうな重と、俺はしばし睨《にら》みあっていた。

「あれ、楓くん。うなぎ嫌いだった？」

箸《はし》を手にした刑部に聞かれ、大好物だと俺はうなる。

「じゃなくて、俺は一番安い定食って言った気がするんですが」

「ああ、なんだ。ここは僕の奢《おご》りだから気にしないで食べてよ」

こともなげに言った刑部に、俺は目を剝《む》いた。

ほぼ初対面に近い相手に、時価八千円のうな重を奢られる理由がわからない。

あのあと、刑部は上野大仏からしばらく歩いた先にある料亭風の店に俺を連れて来た。

個室を予約していたらしく、俺たちはすぐ入れたが、おそらく人気店なのだろう。昼食時ということもあって入り口には行列ができていたし、他のフロアも満席だった。通された座敷からは上野公園の葉桜が見えて、いかにも高級そうな雰囲気に俺は気後《きおく》れする。

「そんなことをしてもらうわけには。俺はただ、話を聞きに来ただけですし」

「呼びつけたのは僕の方だからね。もっと気安い店でもいいんだけど、ちょっとこみいった話になるからさ」

　上着を脱いだ姿の刑部は、ふっと表情をやわらげる。

「それにほら、満席のお蕎麦《そば》屋さんで死神の話とかできないでしょ」

「まあ、それは確かに」

　冷めないうちにどうぞ、とすすめられ、俺は迷ったあげく、箸《はし》を手にした。

　まさかうなぎがあの世の食い物というわけでもあるまいし、断って無駄にするくらいなら、ありがたくいただいておく方がいい。

　我ながら食い意地が張っていると思ったが、うな重を口にしたとたん、ためらいは霧散《むさん》した。骨なんてちくりとも感じない舌触りと、脂《あぶら》ののったやわらかな食感。ひと口で昇天しそうになったのは、病院の入院食をはじめ、ここしばらくろくなものを食べてなかったせいもあるのだろう。生きているよろこびをしみじみ味わっていると、おかしそうにこちらを見る刑部の視線を感じ、気まずくなる。

「一体どこから話そうか。楓くんは聞きたいことはある？」

　質問はいくつもあったが、俺はひとまず順番に聞いていくことにした。

「刑部さんは、死神なんですよね。あの旅券……を渡すのが、死神の仕事なんですか」

「そうだよ」

　刑部はうなずく。

「僕たち死神の仕事は、この世での旅を終えた魂を新たな旅に送り出すこと、と言えばいいかな。もっと簡単に言うと、死者に旅券を選んでもらうのが仕事」

「選んでもらう？」

　そういえば、天国、地獄、来世でも好きな場所に行けるとか、とんでもないことを言っていた気がする。

「君には全部灰色に見えたみたいだけど、実際、死者にはあの旅券が全部違う色に見えるはずなんだ。死者なら旅券に書かれた行き先もわかるし、自分で選べるようになってる。……いや、正確には選ばされる、かな」

　刑部は慎重に言い直した。

「選ばされるって、誰に」

「――魂に」

真摯《しんし》な顔とおごそかな口調で、刑部が自分の胸に手を当てたものだから、俺にはとっさにそれが本気なのか冗談なのかわからなくなった。

「じゃあ、俺が最初に刑部さんと会った場所は、あの世ってこと？」

「違うよ。あれは言わば、出国ロビーみたいなもの」

刑部はあっさり答え、丁寧《ていねい》にうな重に手を合わせると、ようやく食べはじめた。

「出国ロビー？」

「現世で旅を終えた人たちの魂が飛ばされて、一時的に待機する場所って言えばいいのかな。現世とは呼べないけどあの世ってわけでもない。出立界《しゅったつかい》って僕らは呼んでる」

出立界は、この世ともあの世とも異なる中立の世界で、死者にとっては肉体の感覚を持ったまま留《とど》まれる、最後の場所なのだという。

「死者の皆さんの記憶でできてるところだからね。場所によっては季節もでたらめだったりするけど、現世にあるものはだいたい揃ってるよ。町もあるし、お店もある。現世を離れる人は、最後にあそこで好きなものを食べて旅立つってのがほとんどかな」

蟬時雨《せみしぐれ》の降る、石畳の道を通り過ぎた高齢者ツアーのことを、俺は思い出した。

最後の食事がどうとか言っていた気がするが、あれは言葉通りの意味だったのだろうか。

「俺、あの場所で、ツアー客を率いてる添乗員を見たんですが」

「ああ。その人も死神だね。うちはあんまり団体のお客さんは扱わないから、他社さんかもしれないけど」

「そういえば、旗の色が違ったかも」

「出立界でお客さんを案内する時は、あれを持ち歩くのが決まりなんだ。死神のトレードマークだよ」

「死神のトレードマークって、鎌《かま》なんじゃ……」

イラストや絵画に出てくる死神は、たいてい巨大な鎌を持っていた気がするのだが。

「そういう時代もあったみたいだけど、最近は旗の方が主流かな。だって鎌だとかさばるけど、旗なら丸めて持ち歩けるからね。シルエットだけなら鎌とそんなに変わらないしさ」

もりもりと、死神とは思えない食欲でうな重を平らげつつ、刑部は打ち明ける。

死神に夢は抱いてなかったが、できればそのへんはあまり知りたくなかった裏事情だ。

「死神ってもっとこう、死者の魂を刈り取るとか、そういう感じなんだと思ってました」

俺の知るかぎり、フィクションの世界に出てくる死神は恐ろしげなものばかりだ。

少なくとも、三角旗を手に、笑顔で死者を導くイメージはない。

「死神の定義って文化や宗教観なんかで違うから、解説すると長くなるけど、僕たちのいる旅券発行事務所の仕事に限って言うなら、今は外部委託《いたく》業務の扱いになるのかな」

「外部委託？」

やけに現実的な響きだ。

「最近じゃアウトソーシングとも言うね。いわゆる人生の終末業務っていうのは、目に見える世界、見えない世界にかかわらず、個々の信仰に基《もと》づいて粛々《しゅくしゅく》とおこなわれるものなんだ。宗教によってお葬式の形式が違うみたいにさ。でも、すべての死者がそれにあてはまるわけじゃない」

「たとえば？」

「君がいい例だよ。特定の宗教に属さず、信仰心も厚くない人。死生観もあいまいで漠然《ばくぜん》としてる。そういう人は自分が死んだことにも気づかなかったりするから、僕たちみたいな死神がお世話しに行くわけ。そうやって送り出してあげないと、死んだ人の魂でこの世があふれちゃうからね」

実家の墓は菩提寺《ぼだいじ》にあるが、俺は墓参りにもほとんど行っていないし、大学に入ってからは盆休みに家に帰ることさえなくなっていた。家の宗派も知らず、祖父母も元気という俺みたいな人間は、確かに死神の世話になるしかないのかもしれない。

「君が見た出立界は、特定の信仰や死生観を持たない人たちのための場所で、僕たち死神が管轄《かんかつ》してる界隈《かいわい》なんだ。僕たちはあの場所で旅券を渡して、お客さんたちをお見送りするまでが仕事。たまに、予定がキャンセルになって現世に戻る人もいるけどね」

　君みたいに、とつけ加えられて、俺は箸を置いた。

「あそこから戻ったあと、夜中に病室で真っ黒い靄《もや》みたいなやつを見たんです」

　一番聞きたかったのは、その話だ。

　まっすぐ視線を向けた俺に、食事を終えた刑部は深刻そうに目を伏せる。

「そうか……。楓くんにはあれが見えたんだね」

「後遺症とか、揺り戻しがどうとか言ってましたが、あれは一体なんなんです？」

「死霊《しりょう》だよ。僕たちはただ、番人《ばんにん》て呼んでるけどね」

　死神以上に不穏な響きに、背筋が寒くなる。

「死神は現世を旅立っていく人をお見送りするのが仕事だけど、番人はちょっと特殊でね。楓くんみたいに終末旅行をキャンセルして、現世に戻った人のところに現れて、ちょっと強引に旅立たせようとするのが役目なんだ」

「旅立たせようとするって」

　要するにそれは殺そうとするってことじゃないのか、と俺はぞっとする。

「番人が来た時、わけもなく昔のいやなこととか、トラウマになってる記憶があふれてきて、死にたくなったりしなかった？」

「それは……」

病室で見た黒い靄を思い出し、俺は冷や汗をぬぐう。

「番人は、僕たち死神と違って実体を持たないけど、代わりにそうやって、人間から自己嫌悪や自己否定につながる記憶を取り出して生きる気力を奪い、自発的に現世から旅立たせようとするわけ。すごく迷惑なんだけど、こればっかりは仕組みだから仕方ないよね」

ため息をついた刑部を見て、俺は気になっていたことを聞く。

「でも、電話では何とかできるって言ってませんでしたか？」

「できるよ」

テーブルの上に手を組んで、刑部はこともなげにうなずいた。

「そのひとつがこれ」

手品の種明かしみたいに手のひらを広げ、刑部は蓋《ふた》をしたような重の箱を示す。

「は？　……うなぎ？」

おちょくられているのかと俺は固まったが、刑部はあくまでまじめな顔だ。

「ここの店、出立界の店と提携してて、うちの事務所も顔が利《き》くんだ。だからこうして、現世にいながらにしてむこうの料理も口にできる」

「え。これ……あっちの食い物なんですか⁉」

俺は口を押さえた。今さら青くなっても、うなぎはすっかり胃袋の中だ。まさかあの世の食い物じゃあるまいし、と思った自分がうらめしい。

「心配いらないよ。毒じゃないし、害なんかないから。ちゃんとおいしかっただろ？」

たしかに昇天しそうなほどうまかったが、そういう問題ではない。

「それに、こうして出立界の食べ物を口にすれば、あの厄介《やっかい》な番人も近づかなくなるし」

一石二鳥だね、とほほえまれて、俺はゆるゆると息をついた。

「なら、これでもう、あの死霊は出てこないんですね」

胸をなでおろしかけたところで、刑部は涼しい顔で爆弾を落とす。

「いや、ところがそうもいかないんだ。食事で番人の目をくらませることができるのは、せいぜい二、三日がいいところでね。定期的に現世と出立界を行き来するか、今日みたいにあちらの食べ物を口にするかしないと、また番人がやってくるようになる」

刑部の言葉を聞いた俺は、さすがに切れそうになった。

「そんなまね、俺にできるわけないじゃないですか！」

出立界が出国ロビーなのか異世界なのかはさておき、死者が行くような場所と現世を行き来するなんて、普通の人間にはとうてい不可能だ。

「だからさ。僕からひとつ提案があるんだけど、楓くん、死神やってみる気はない？」

再びテーブルの上で両手を組み、刑部はあらたまった口調で切り出した。

「…………は？」

としか、俺には言えない。この男は一体何を考えているのか。

「いや、俺、ただの人間ですし」

そもそも、死神なんてスカウトされて気軽になれる仕事でもないだろう。

「大丈夫大丈夫。死神って言っても、僕も普通の人間だよ？」

気軽な口調で打ち明けられ、俺は目を剝《む》いた。

「何百歳も生きてたりしてないし、特殊能力もない。この業界と縁ができちゃったおかげで身についた特技はあるけど、それも後天的なもので、生身の人間と変わらない。ちなみに僕の年齢は二十九だ。ほら、見た目どおりだろ？」

見た目どおりかはともかく、刑部が生身の人間というのは意外だった。

「千年前から死神やってるとか言われても、違和感ないんですが……」

思わずもれた俺の本音に、あはは、と刑部は声をあげて笑う。

「ひどいな楓くん。まあ、昔は本職の死神もたくさんいたみたいなんだけど、時代の流れってやつなのかな。最近じゃ、死神やってるのはほとんどが僕や君みたいな出戻りの人間だよ。一度死にかけたせいで、こちらとあちらの両方の世界に波長が合うし、こつさえつかめば、どちらも自由に行き来できる」

生身の人間がどちらも行き来できる、というのも驚いたが、それ以上に引っかかったのは別の言葉だった。

「僕や君みたいにって……なら刑部さんも、一度死にかけたってことですか」

俺の質問に、刑部はふと真顔になり、肩をすくめた。

「昔ね」

みじかく答えただけで多くは語らず、こちらを見る。

「どうかな。唐突な話でとまどうと思うけど、少しの間、やってみる気はない？　僕の見たかぎり、楓くんは素質ありそうだし」

「素質、ですか」

引き気味に俺は呟いた。死神に死神の素質があると言われてどう反応すればいいのか。

「さっき、真っ黒い靄が見えたって話をしてたからさ。番人の姿は、死神でもあんまり見えないものなんだ。それだけに厄介でね。こういうものを持ち歩いて身を守ったりしなきゃならない」

刑部は身につけたベストのポケットから、例の眼鏡拭《ふ》きを取り出して俺に見せる。

「それ、俺がもらったやつ……」

「護符が織り込んであるから身につけてると番人の影響がやわらぐ。役に立ったろ？」

確かに、効果のほどは身をもって思い知った。

「ただ、こういうアイテムも気休めみたいなものだから、結局はこうしてあちら側の食事を摂《と》ったり、出立界の空気に触れて、番人を近づけないようにするのが一番なんだ。うちの事務所で働けば、出立界とこっちを好きなだけ行き来できるし、番人に悩まされることもなくなるんだけど。どうかな」

だから死神になれと言うのか。

ここに来るまでは予想もしなかった話に、俺は軽くめまいがした。

いくつもの企業をいくら駆けずり回っても内定が取れなかったのに、素質があるだの、うちで働けだの、あんなに欲しかった言葉をくれたのが、よりによって死神とは。一体どういう皮肉なんだ。

「そう言ってもらえるのはありがたいんですが、さすがに一生の仕事となると」

熱い視線を向けてくる刑部から、ぎこちなく目をそらしつつ俺は言った。

断る流れに持って行きかけたが、刑部はすかさず表情をやわらげる。

「なんだ、それなら心配いらないよ。うちには試用期間もあるし、番人を退《しりぞ》けるのが目的なら、とりあえず数カ月こちらとあちらを行き来するだけでもある程度効果があるからね。

その間、バイト感覚で働いてもらってもいいし」

　立て板に水のセールストークを聞いていると、まるで、あくどい詐欺《さぎ》商法にひっかかっている気分になる。

　あの番人とかいう黒い靄に襲われたのは事実だし、あれを防ぐためだと言われれば多少は心が動くが、盛大に化かされているような現実感のなさはどうしてもぬぐえない。

　いくら身を守るためと聞かされても、いきなり死神の仕事をふられて飛びつくほど、さすがに俺も冷静さを失ってはいなかった。

　就職浪人で食い詰めて、背中に模様のある怖いお兄さんのスカウトを受けた話だとか、手当たり次第に応募して就職したのが超ブラック企業で、心身をすり減らして電車に飛び込んだどこぞの先輩の話、なんてのをいくつも耳にしていればなおさらだ。

　だいたい、何の仕事についたかと人に聞かれて、死神なんて答えられるわけがない。

「あー……。俺、霊とかそういうの、昔から苦手ですし。適性があるとはとても」

　あの黒い靄を見た時のことを思い出しただけで、いまだに冷や汗が出るくらいなのだ。死者の魂を相手にする仕事なんて、あまりに世界が違いすぎて想像もつかない。

　しかし、刑部は容易に引きさがらなかった。

「でも、こう言ったら失礼かもしれないけど、楓くん今就活中なんだろ？　苦戦してるみたいだし、僕と会った時点では内定ゼロって聞いたけど」

なんでそんなことまで知ってるんだ、と俺が目をみはると、刑部は苦笑した。

「ごめん。仕事がら、旅券をお世話しに行く人の生前の情報は送られてくるもんだから。

あでも、うちは個人情報の取り扱いは厳重だし、流出とか悪用なんてことは一切ないから安心して?」

そんなことを言われて安心できると思っているのか。

足元を見られているような腹立たしさと悔しさがふいにこみあげて、俺は眉を寄せた。

正直に言えば、内定は喉《のど》から手が出るほど欲しいし、就活で苦戦してたのも事実だ。でもだからって、就職できればなんでもいいと思っているわけじゃない。

「俺が追い詰められてるから、こんな仕事に誘ってるんですか」

低い声で問うと、刑部はきょとんとまばたきをする。

「その質問は、君だけじゃなくて僕にとってもずいぶん失礼だね」

声も表情もやわらかかったが、刑部の言葉を聞いたとたん、胸を突き刺された気がした。

たった今、自分が何を口にしたか反芻《はんすう》して、俺は愕然《がくぜん》とする。

「あ……」

死神なんて仕事が実在するのか、いまだに半信半疑なのはおくとしても、少なくとも刑部は、あの不気味な番人に襲われた俺を心配して、仕事をすすめてくれただけだ。

それを、就活に手こずっていることを指摘されたくらいで大人げない反応をするなんて、情けないにもほどがある。

取り繕《つくろ》うこともできず、俺は歯を食いしばると、恥じ入って頭を下げた。

「すみません。なんか俺、卑屈になってたみたいで」

こんな調子で考えなしだから、いまだに内定ひとつ取れないんだなと反省していると、刑部はおだやかな口調で答える。

「いや、先に失礼なことを言ったのは僕の方だから。それに、気が急《せ》いてフェアじゃない誘い方をしたのも悪かった。謝るよ」

どういう意味かと顔をあげると、彼は頭をかきつつ、あっけらかんと笑う。

「いや、実はさ。ここみたいに出立界の店舗と提携して、あっち側の食事を提供してくれるお店って全国にいくつもあって、わざわざ死神の仕事につかなくても、定期的にそこに食べに行けば充分番人よけになるんだよね」

「なっ……」

殊勝《しゅしょう》に詫《わ》びを入れた俺は、反省の姿勢の途中で固まった。

「このお店はうちの御用達《ごようたし》だけど、一般のお客さん向けのお店もたくさんあるし、価格もここに比べればリーズナブルだから、お財布にもやさしいよ」

「なんすかそれ‼　だったら先にそう言ってくださいよ！」

「ほんとごめん！　実はうちの事務所、すっごい人手不足でさ。ちょうど、今まで僕と組んでた人が家の事情で休職することになって、業務が回しきれないんだ。だから、楓くんみたいな新人が来てくれたらなーって思って、つい強引になっちゃった」

激昂《げっこう》して身を乗り出した俺の前で、刑部はすまなそうに手を合わせる。

もう少しでブラック企業以上に得体《えたい》の知れない死神業界に引きずり込まれるところだったと思うと、刑部が死神ではなく詐欺師に見えてくる。

「やり方が悪どくないですか。こっちは死神の業界なんて何もわからないってのに！」

「反省してるよ。もう隠しごとはしない。約束する。このとおり！」

殺気をこめて睨むと、刑部は地蔵でも拝《おが》むみたいに両手を合わせたまま目をつむった。

死神に拝まれるというのも、これはこれで貴重だなとのんきなことを考えていると、心の声が聞こえたみたいに刑部はちらりと片目をあける。

「もう少し喋《しゃべ》っていいかな」

「なんすか」

その顔に微妙にイラッとしつつ俺が眉を寄せると、刑部は合掌《がっしょう》をといて力説する。

「騙《だま》すようなまねをしたのは謝るけど、楓くんに素質があるって思ったのは本当のことでね。どうせなら、その素質を生かせる職場で働きたいと思わない？」

「思いません」

にべもなく俺がはねつけると、刑部はがっくりとうなだれた。

「そっかぁぁぁぁ。向いてると思うんだけどなぁぁ」

海より深いため息をつかれても困る。

しばしうなだれていた刑部は、何かを思いついたように、ふいにぱっと顔をあげた。

「じゃあ、ひとつだけ聞いてもいい？」

へこたれない男だなと思いつつ「どうぞ」と俺がうながすと、刑部は尋ねる。

「楓くんにとってはさ、いい仕事とか、いい職場ってどんなところ？　あ、これはべつに面接とかそういう意味じゃなくて、僕の個人的な疑問なんだけど」

今までさんざん似たようなことは聞かれたことがあるから、刑部への答えに迷うことはなかった。

「人の役に立つ仕事とか、人に喜ばれる仕事、働きがいのある仕事ですかね。いい職場っていうなら、働きやすい環境だとか、信頼できる上司や同僚も」

我ながら面白みのない回答だ。最後の答えは若干《じゃっかん》、刑部への皮肉も混じっている。

「まあ、それはそれで正しいけどさ」

「刑部さんにとっては違うんですか」

頭の後ろで手を組み、「うーん」と言葉を選んだ後で刑部は言った。

「僕にとっては、いい仕事もいい職場も、やっぱり人間関係かな。だって、いやでも毎日一緒に過ごすわけだからね。どんな仕事をするかより、誰と一緒に働くかの方が重要だよ。そういう意味では、君が最後に言った、信頼できる上司や同僚ってのは同感かな」

どうやら皮肉は通じなかったらしい。それよりも、刑部の答えを聞いていると、何やら企業訪問で先輩の話でも聞いているような気分になり、うなずきそうになるのが怖い。

「死神でも、人間関係って重要なんですか」

「そりゃそうだよ。一人で亡くなった人のところに行くこともあるけど、誰かと行動することも多いからね。どうせなら気心の知れた相手との方がいいに決まってる」

話の合わない同僚と組んだりするとほんと大変でさー、などとぼやいた後で、刑部はふっと力を抜き、笑みをうかべた。

「失礼ついでに言っちゃうと、楓くんを採用しなかった企業の人たちも、実際のところはわからないけど、意外と他愛ない理由で採用を決めてたりするんじゃないかな。こいつと一緒に働きたいとか、こいつとは気が合うかも、とか」

それはどうだろうと考えているのが顔に出たのか、刑部は身を乗り出す。

「だって考えてもみてよ。似たような大学で成績も同じくらい。スキルにも外見にも差がないような状態だったら、最終的にはそういう理由で選ぶでしょう」

「なら、刑部さんは俺と働きたいと思ってくれたわけですか」

冗談まじりに聞くと「もちろん」と即答され、俺は絶句した。

「今回はひと目惚《ぼ》れみたいなものかな。……て言っても、変な意味じゃなくてね」

引きつった顔で距離を取った俺を見て、刑部は呼び戻すように手招きする。

「君が知らない子のランドセルひとつのために川に入って死んじゃったの見てさ、ああ馬鹿だなぁとか、おっちょこちょいだなぁって半分あきれたりもしたんだけど。同時になんだか感動しちゃってね。馬鹿だしおっちょこちょいかもしれないけど、こういう奴なら、人として信頼できそうだなぁって思ったんだ」

途中、喧嘩を売ってるのかと身構えた俺は、最後の言葉に毒気を抜かれ、肩の力をゆるめた。そんな俺を見て、刑部は目を細める。

「終末旅行に出かける前にキャンセルになった人はこれまでにもいたよ。そういう意味では候補はほかにいくらでもいるけど、僕が楓くんに声をかけたのは、それが理由」

納得してくれた？　と問われ、ぎこちなくうなずくと、刑部はほっとしたように笑った。

「よかった。まあ、君を怒らせたのは確かだし、死神の仕事なんて言われてもとまどうだろうけど、もし万が一でも気が向いたら連絡してよ。試用期間でもちゃんと手当はつくし、バイトするより待遇もいいからさ」

「………考えておきます」

ついそんな言葉を返したのは、学歴でも試験結果でも、エントリーシートや面接の内容でもなく、俺の見えない部分を刑部が評価してくれたように思ってしまったからだ。

振り返ってみると、不採用の通知を吐き気がするほど受け取るうち、俺は自分がどうしようもなく人として欠けてるような感覚に陥《おちい》っていた。

川原で教科書を拾っている子供を見て、昔の弱い自分がそのままそこにいるような気がしたのも、そんな感覚をずっと抱いていたからだ。

実際、川の中に踏みこんだ時は、親切心やおせっかいのためというより、半分自棄《やけ》になっていたところがある。おそらく俺は、自分で思う以上に追いつめられていたんだろう。そんなことにさえ、今になるまで気づかなかったんだから重症だ。

でも不思議と今は、取りついていた重い何かが消え去ったように体が軽くなっていた。

自分の分は自分で払うと主張したが、結局刑部に押しきられ、奢られることになった。

「せっかくのタダ飯なんだからごちそうさまですませとけばいいのに。まじめだねぇ」

「刑部さんに借りを作ると、あとあと面倒そうなので」

「楓くん、けっこう遠慮なく言うタイプ？」

俺の言葉に、領収書を懐《ふところ》に入れながら刑部が笑う。

自分の胸に手をあててみろと言いたかったが、さすがにそこはこらえた。

かわりに俺は、店を出た刑部がサングラスをかけるのを見て尋ねる。

「それ、趣味ですか」

最初に会った時のソフト帽といい、サングラスといい、どうもこの人の使うアイテムは芝居の小道具じみている。

「いや、職場の支給品。これがないと不便でね。眼鏡もあるんだけど、外を歩く時は色の濃いやつが手放せないんだ」

変装とか、死神のシンボル的な意味でもあるんだろうかと思っていると、刑部は煩《わずら》わしそうに息をつく。

「特にここは、たくさんいるから紛《まぎ》らわしいんだよ」

「いるって、何が」

「人ならざるモノ、かつては人だったモノ、いろいろだね。僕らが旅券を渡してどうにかできる相手ならともかく、管轄外の死者だったり、現世での滞在が長すぎて旅券が受け取れなくなっちゃってる場合もあるから、厄介でさ。生きてるものも生きてないものも同じように見えちゃうから、こうやってフィルタかけないと危なくて歩けないってわけ」

サングラスがないと、この世にいない人に声をかけてしまったり道を聞かれたりして、ひどく混乱するらしい。死神の素質を持つ者は、いわゆる「視《み》えて」しまう体質になりやすいと聞いて、俺は焦《あせ》った。

「いや、でも俺、病院で会った黒いの以外、おかしなものとか見てませんが」

「見える見えないは、わりと個人差があるからね。波長が合いやすいモノを五感が拾うから、幽霊が見えやすかったり、人外《じんがい》のモノの方がよく見えたり、人によってばらつきがあるんだよ。僕の場合は幽霊に波長が合いやすいタイプだけど、死霊の番人が見えたなら、楓くんはそっちに波長が合いやすいのかもね」

けっこう貴重なんだよ、と刑部は続けたが、そんなことを言われてもうれしくない。

「ああ、でもひょっとしたら、幽霊のほうも、見えてるのに気づいてないだけってこともあるかもだけど」

「脅かさないでくださいよ」

いくら一度死にかけたといっても、幽霊や人ならざるモノと聞けばさすがにひるむ。もともと俺は、ホラーや怪談が得意ではないのだ。病院で番人に襲われた時だって火事場の馬鹿力で切り抜けたようなものなのに、このうえ幽霊にかかわるなんてごめんだ、と思っていると、ふと道の先に人影を見つけ、俺は足をとめた。

そこに立っているのは、さっき上野大仏の前で会った女性、渡会梨南《わたらいりな》さんだ。

「どうかした？」

「いや、俺がランドセルを拾った子の、お母さんが来てて」

さっき、改めてお礼に行くと言っていたが、そのことだろうか。

溺れたといっても、今の俺はぴんぴんしているわけだし、これ以上気にする必要はないときちんと言っておくべきかもしれない。

思い詰めたようにうつむいている渡会さんに、俺は思いきって歩み寄った。

「ひょっとして、俺に用事ですか」

俺が声をかけると、渡会さんははっとしたように顔をあげる。

かと思うと、その目にみるみる大粒の涙がもりあがった。

「ご、ごめんなさい。琴寄さんには、ご迷惑をおかけしてしまって」

「そのことでしたら、本当にもういいですから」

俺の言葉を拒《こば》むように、渡会さんはふるふると首を振る。

「息子が世話になったのに、このうえ頼みごとなんてできる立場じゃないのはわかってるんです。でも、わたしにはもう、他にお願いできる方が見つからなくて」

何やら予想していたのとは違う雲行きだ。

俺が答えられずにいると、渡会さんは手を伸ばし、俺の腕にがしっとすがりついた。

「お願いします。晴樹を、晴樹のこと、助けてあげてください！」

「え。ちょっ……」

見かけによらず強い力にぎょっとしていると、刑部がのんびりと近づいてくる。

「すごいね楓くん。会ったばかりでそんなに懐《なつ》かれちゃうなんて」

この状況を見て、何を思ったら懐かれてるなんて言葉が出てくるのかと腹が立ったが、刑部は感心した様子で続けた。

「懐かれてるんじゃなければ頼られてるのかな。どっちにしても、死神の素質充分だよ」

「何言ってるんですか、こんな時に！」

顔をしかめて振り返ると、刑部はサングラスをずらして女性を見る。

「だってその人、とっくに死んじゃってるみたいだからさ」

「――――は？」

俺の顔から血の気が引いたのは、数秒後のことだった。

そういえば、上野大仏の前で会った時、渡会さんの足元には影がなかった。

今さらのようにそんなことに思い当たり、俺は自分の注意力のなさにあきれる。

大仏のところにいた観光客が不審そうにしていたのも、彼女の姿が見えていなかったからなのだろう。

「大丈夫？」

大噴水の縁《へり》にしゃがみ込み、俺がぐったりしていると、刑部がのぞきこんできた。

脱いだ上着を腕に掛け、近くのカフェで買った飲みものを手にした姿は、洋画の一場面みたいにさまになっている。俳優なみのバリトンで、彼は俺に飲みものを差し出した。

「はいこれ、キャラメルフラペチーノ」

「すみません。買って来てもらっ……て、あれ？」

しかし、俺は確かアイスコーヒーでいいと言った気がする。何をどうしたらアイスコーヒーがこんなこじゃれた飲みものに化けるのだろう。

突っ込みたいがそんな気力もわかず、俺は素直に生クリーム入りの飲みものをすすった。

すごく甘い。

「刑部さん、時間の方、いいんですか。昼休み、もう終わりなんじゃ」

公園の時計は、とっくに一時を回っている。刑部は自分の飲みもの（アイスコーヒーだ。完全に俺のと取り違えている）を口にして、俺の右隣に腰を下ろす。

「僕なら大丈夫。事務所には連絡入れたから。それに彼女、うちの管轄《かんかつ》だしね」

そう言って向けた視線の先、俺の左隣には、白いワンピース姿の女性、渡会梨南さんがしょんぼりと腰かけていた。

「ごめんね梨南さん。あなたのぶんの飲みものは用意できなくて」

刑部が気さくに声をかけると、渡会さんは力なく笑ってみせた。

「いいえ。わたしはもう何も口にできませんし、キャラメルの甘い香りがしますから、それで充分です」

目の前にいる渡会さんが、もうこの世にいないなんていまだに信じられないが、よく見れば彼女の下の地面には今も全く影がない。

「それで、楓くんにお願いしたいことって息子の晴樹くんのことみたいですが」

どう接したらいいのかわからずに固まっている俺に代わって、刑部が切り出す。さすがに死神だけあって、幽霊が相手でも対応が自然だ。

「ええ。実は晴樹、学校でずっといじめられてたみたいなんです。なのにわたしは、助けることも励ますこともできなくて、今回のことも、何もしてやれませんでした」

渡会さんは歯がゆそうに唇を噛み、自分の腕を抱きしめる。

「去年の夏にわたしが死んでから、ただでさえ沈みがちで口数も少なくなっていたのに、これ以上あの子の心が傷ついたらと思うと、心配で心配で」

「旅券の受け取りを拒否していたのも、それが理由ですね」

刑部の指摘に、渡会さんは気まずそうな顔でうなずいた。

「はい。長くこちらの世界に留《とど》まれば、いずれ旅券を受け取ることもできなくなってしまうって死神の方に何度も諭《さと》されたんですが、せめてもう少しあの子が元気になるまではと引き延ばしていたら、いつの間にか時間がたってしまって。ごめんなさい……」

渡会さんはそう言ってうなだれる。

最初、逃げるように姿を消したのは、死神の刑部の気配を察したからのようだ。

「でも、晴樹くんを助けるっていっても、俺にできることなんて」

俺と会った時のように外で何かされていたら助けに入ることはできるかもしれないが、それだっていつもというわけにはいかない。保護者でもない赤の他人の俺が介入すれば、かえってトラブルの元になるんじゃないだろうか。

「もちろん、いじめを何とかしてくれなんて言うつもりありません。それに、今回、川に落ちたランドセルを持ち帰ったせいで、夫や義母《はは》にも晴樹がいじめを受けていることがわかりましたし、そちらのほうは何とかなりそうなんです」

学校に事実を伝えて、加害者側の子供に注意してもらうよう伝えたが、今回のいやがらせがあまりに悪質だというので、晴樹くんの父親は息子をそのまま学校に通わせず、転校させることを選んだらしい。

晴樹くんが通っている習い事の教室には、仲のいい友達が何人もいるため、彼らの通う小学校に転校できないか、調べているのだという。

「晴樹は友達のいる学校に転入できると聞いて喜んでいるようでしたし、夫の判断は正しいとわたしも思います。加害者側のお子さんと話しあって和解できるのが理想なのかもしれませんが、しこりが残らないというのは難しいでしょうから」

「だったら、どうして」

すべて丸く収まるというわけにいかなくても、少なくとも晴樹くんはこれ以上いじめの被害には遭《あ》わなくてすむはずだ。

「転校のことが決まっても、晴樹はずっとふさぎこんでるんです。夫や義母も心配して話を聞いていたんですが、いじめの件で落ち込んでるわけじゃないみたいで。ひょっとしたら、琴寄さんに助けていただいた時に逃げ出したこと、後悔してるのかもと思って」

「それで俺に？」

「……はい。助けていただいたお礼もできなかったのに、こんなお願いできる筋合いじゃないのはわかってるんですけど」

「なるほどね。楓くんが晴樹くんに会って、もう気にしてないよって言えば、晴樹くんも気が楽になるかもってことか。ま、楓くんが根に持ってなければ、の話だけど」

にやりと笑った刑部に、俺は顔をしかめた。

「根に持ってなんかないですよ。そりゃまあ、多少はがっくりきましたけど」

あんな展開になるなんて俺自身だって予想してなかったんだから、子供が怖気《おじけ》づいたとしても怒りはわいてこない。

「そうと決まれば話は早い。さっそく晴樹くんに会いに行こうか！」

ほがらかに言って、颯爽《さっそう》と立ち上がった刑部に、俺はぎょっとした。

「会いに行くって、今から⁉」

「そりゃそうだよ。善は急げって言うからね。君、今日はヒマなんだろ？」

勝手に決めつけないでくれと言いたかったが、悲しいことに予定は空《あ》いている。

「まさかあんた……じゃなかった、刑部さんもついてくるつもりですか」

「もちろん。だってこれは僕の仕事にもかかわることだからね。晴樹くんの憂《うれ》いがなくなって元気になれば、お母さんの梨南さんも旅券を受け取って旅立ってくださる——そう思ってかまいませんね？」

最後の質問は、俺の隣に座る渡会さんに向けたものだった。

「は、はい」

刑部の勢いに呑まれたように渡会さんはうなずく。けれど、その表情がかたくこわばっているのが、俺には少しだけ気になった。


「出かける前に用事をすませなきゃならないから、事務所に寄ってもいいかな」

刑部《おさかべ》はそう言うと、あとで渡会《わたらい》さんと上野大仏の前で待ちあわせる約束をして別れた。

「じゃあ行こうか、楓《かえで》くん」

「え、俺も行くんですか？　関係者以外入れないいんじゃ」

当然のようにうながされてあわててると、刑部はのんびりと俺を振り返る。

「せっかくだから、うちの事務所がどんなところか見学して行くといいよ。関係者以外は入れないけど、さっき上司に連絡したら、関係者になるかもしれない子なら問題ないって言ってもらえたから。出立界《しゅったつかい》と提携《ていけい》してる店舗のリストも君に渡しておきたいし、眼鏡拭《ふ》きも新しいのがいるだろ？」

考えておくと言っただけで死神になる気はさらさらなかったが、確かに店舗のリストや番人よけの護符（という名の眼鏡拭き）はありがたかった。それに、刑部のいる死神旅券発行事務所とやらがどんな場所なのか、興味がないこともない。

大噴水のある場所からさくら通りを進み、さきほど大仏のあった高台を過ぎると、神社の鳥居が見える。神社には入らず、清水堂《きよみずどう》の方へ進んだ刑部は、懐に手を入れた。

チリン、とかすかな鈴の音が聞こえていぶかると、一瞬耳の奥が詰まったような感覚がして、俺は思わず目を瞑《つぶ》って唾《つば》を飲む。

「こっち」

刑部の声に目をやると、さっきまで何もなかったはずの歩道脇、紫陽花《あじさい》の植わったあたりに、細い小径《こみち》ができているのに気がついた。

黒御影《くろみかげ》の飛び石が並ぶ小径を歩いてゆくと、木立の奥に煉瓦《れんが》造りの建物が見える。

壁面に蔦《つた》の這う建物の入り口には、古びた銅製の看板が掲げられていた。

そこにはいかめしい字で『旅券発行事務所上野支部』とだけ浮き彫りされている。

「ただいま戻りましたー」

建物に入ると刑部は軽い足取りで階段を上り、二階にある事務室の扉を開けた。

しかし、室内を見るなり拍子抜けしたように声をあげる。

「あれ。誰もいないのかな。まあいいや、楓くん、入んなよ」

事務室の前で待つつもりだったが、声をかけられて中に入るとそこは広く、洋風の書斎を思わせる趣《おもむき》のある部屋になっていた。漆喰《しっくい》の壁は少し古びてはいるものの、並んだ書棚は重厚な年代物だし、中央に島型に置かれた木製の机はどれもどっしりと大きい。

しかし、入ったとたん俺が目を奪われたのは、そうした内装ではなかった。

入って正面。おそらく責任者の机であろう壁面の棚にずらりと並べられているのは。

「なんで招き猫……」

それもひとつやふたつではない。

右手を上げてるのもあれば左手を上げているもの、金銀白に、大きいのと小さいの。

小判を抱えていたり米俵《こめだわら》を担《かつ》いでいたり、はたまた横着にも寝っ転がって手を上げていたりと、さまざまな招き猫たちが福々しい笑顔でこちらを向くさまは壮観だ。

「ああこれね。うちの所長の趣味なんだ。外回りから戻るとだいたい一匹二匹は連れ帰るから、どんどん増えちゃってさ」

刑部は、招き猫の祭壇と呼びたいような光景を見て、肩をすくめる。

「じゃあれも所長の趣味ですか」

俺は引きつった顔で、招き猫たちの祭壇の上に掲げられた扁額《へんがく》を示した。そこにはめでたそうな墨書《ぼくしょ》で『千客万来』とでかでかと書かれている。

「いや、これは事務所がここにできた頃からあるんじゃないかな。誰が書いたかは、僕もよく知らないけど」

「死神の事務所で千客万来って……」

招き猫とこれの合わせ技はさすがにまずくないか、と心配になったが、刑部はしれっとしたものだ。

「まあ、うちもお客様あっての仕事だからねぇ」

などと言いながら、刑部は自分のものらしき机の抽斗《ひきだし》をごそごそ探しまわる。

「あったあった、これ！　お店のリスト――ていうか広告？　楓くんの住んでる県にあるのは73番から141番までだから、お店の名前控えるか、広告ごと持っていって」

「いいんですか？」

「しょっちゅう新しいのが送られてくるから大丈夫。キャンセルのお客さんからうちに連絡があった場合は、番人よけの説明をして、これを渡す決まりなんだ。ただし、番号順になってないけどね」

と言って、刑部からドンと手渡された紙束は優に五百枚以上あり、俺は固まった。

「この中から、探せと？」

「ほっとくとどんどん増えるから、なかなか整理できなくてさ。ごめんね」

刑部はきまり悪そうに眉を下げて笑う。

「そっちの椅子に座ってちょっと探しててよ。僕はいくつか用件片付けちゃうから」

刑部が机に向かうのを見て、俺は部屋の隅に置かれた来客用の長椅子に移ると、広告の束を検分することにした。ざっと見たところ和食が多い気もするが、カフェにレストラン、焼肉屋にラーメン屋まである。中には全国展開しているチェーン店の名前もあって、有名店までもがあっち側の食事を提供しているのかと、俺はカルチャーショックを受けた。

もっとも、刑部の説明によれば、特別な注文の仕方をしなければ「あちら側のメニュー」が出てくることはないらしい。勤務している店員たちも、それが現世外の食事だということは知らずにいることがほとんどだという。

「遅かったな、刑部」

広告を調べはじめて間もなく、事務室の扉が開いて、一人の男が入ってきた。

「一時半には戻るっつってたろ。何時間うなぎ食ってたんだ」

「遅れるってさっき連絡しなかった？」

机から顔をあげた刑部に、その男は不機嫌そうに顔をしかめる。

「『カフェでお茶して帰ります♪』とかいうスタンプつきのふざけたラインのことか？　あれは連絡とは言わねぇよ。女子大生かてめぇは」

男は言うと、手にしていたハーフボトルのミネラルウォーターを無造作に投げつけた。

「っと。あぶないなぁ。何これ」

言葉とは裏腹に、難なく受けとめた刑部はけげんそうに尋《たず》ねる。

「昼休み、時刻表買いに行くついでにてめぇのも買ってきてやったんだよ。それじゃなきゃいやだとかぬかしてただろうが」

「ありがとう。でも僕、今喉渇《のどかわ》いてないんだけど」

「あァ？」

男は器用に片眉をあげると、つかつかと刑部に近づいて、その頭をわしづかみにした。

「てめぇの喉なんか知るか。それでさっさと薬飲めっつってんだよ！　なんだかんだ言いわけして今朝から一回も飲んでねぇだろうが。俺が気づいてないと思ったら大間違いだ」

「え!?　ちょっ……今その話は」

「いいからさっさと飲みやがれ。減俸だけじゃ飽き足らず、あの世まで行くつもりか？」

「比嘉《ひが》さん比嘉さん！　お客さん！　そこ、来てるから！」

あわてたように刑部が俺の方を指さすと、男の目がこちらを向いた。

目が合ったとたん、なぜかヒグマに睨《にら》まれたような気分になり、広告をめくったまま俺は硬直する。

そこにいるのは刑部とは別の意味で目立つ男だった。ガタイのいい体格に、デザイナーズブランドと思《おぼ》しき黒のスーツをまとい、癖《くせ》のある黒髪は無造作に撫でつけている。

すっきりした顔立ちに垂れた目尻は一見すると人がよさそうだが、眼光には凄味《すごみ》があって、サングラスを黒シャツの襟元《えりもと》に引っかけた姿はその筋の人にしか見えない。

背景にあるのが謎の招き猫軍団だから、なおさら異様だ。

やっぱり来る場所を間違えたかと、内心逃げる準備をしていると、比嘉さんと呼ばれた男は気まずそうに口を覆《おお》い、刑部を振り返る。

「おい。ひょっとしてこのお客……」

「このあいだキャンセルになったお客さん。琴寄《ことより》楓くんだよ」

刑部の紹介に、俺は「はじめまして」とぎこちなく頭を下げた。

何かをごまかすように、机にあった時刻表を意味もなくめくったりしていた比嘉さんは、そんな俺に「よう」と気さくな声を返し、

「俺は比嘉明正《あきまさ》だ。そっちの刑部の兄貴分みたいなもんだな」

とくだけた挨拶《あいさつ》をする。

「言っておくけど兄貴じゃなくてほぼ同期だよ」

「俺の方が一月早かっただろうが」

訂正した刑部に嚙みついたとたん、比嘉さんの上着で携帯が鳴った。

スマホを取り出し、画面をチェックした比嘉さんは、あわただしく腕時計を見る。

「悪い。一件飛び込みの仕事が入った。14時16分の山手線《やまのてせん》に乗るから、俺はもう行くわ。じゃあな刑部。そっちのお客さんも、ゆっくりしてけよ」

そう言い置くと、そそくさと出て行ってしまう。

逃げるような態度が少し気になったが、「忙しい人だなぁ」と刑部がこぼしたところを見ると、いつもあんな感じなのかもしれない。

「今の人って……」

「ああ、比嘉さんの担当は鉄道関係なんだ。最近、飛び込みのお客さんが増えてるから、どうしてもせわしなくて」

刑部の表情が少し翳《かげ》る。

「飛び込みの客って」

「文字通り、線路に飛び込んで突発的に現世を旅立っちゃうお客さんだよ。そういうケースは死神の管轄になることがほとんどだからね」

淡々と口にされた答えに、俺は言葉を失った。

「比嘉さんが黒い服着てるのも、現場近くまで出向くことがあるからなんだ。口は悪いけど、いい人なんだよ」

かもしれない、と俺はうなずく。ただし、いきなり刑部にペットボトルを投げつけた時は、さすがに少しおどろいたが。

「そういえばさっき」

比嘉さんは薬を飲めと刑部にしつこく言っていたが、何か持病でもあるんだろうか。

俺が質問を口にしかけた時、再びドアが開いて、事務室に新たな人影が入ってきた。今度はいかつい男ではなく、すらりとしたパンツスーツの女性だ。

「あら刑部くん、今お戻り？　ずいぶん早いわね」

「静真《しずま》さん。遅くなりました」

刑部は笑顔になって立ち上がる。

「その子がさっき言ってたお客さん？」

静真さんと呼ばれた女性は、すぐに俺の姿に気づいて振り返った。

艶《つや》のある黒髪のショートヘアに、なめらかな乳白色の肌。くっきりした瞳は勝気そうな印象だが、不思議と嫌味な感じはしない。黒の上下に白いシャツというシンプルな服装でもわかる、めりはりのあるプロポーションといい、徹夜明けの眠気でも吹っ飛びそうな美人が、そこには立っていた。


「ええ、琴寄楓くんです」

「うちに来てくれそう？」

「いいえ、今日は見学に。雰囲気だけでも見てもらおうと思って」

その美人はうなずくと、手にしていたファイルを机に置いて、こちらに歩み寄る。

「はじめまして。私は静真妙子《たえこ》よ。ここの所長代理をつとめています」

俺は広告を置いて、長椅子から立ちあがった。

「はじめまして。琴寄楓といいます。今日は突然お邪魔しまして、申し訳ありません」

全力で挨拶《あいさつ》しながら、なんでスーツを着てこなかったのかと俺は焦《あせ》ったが、そういえば今日はべつに面接じゃなかったと思い直す。というかここは死神の仕事場だ。あやうく忘れるところだった。

「刑部くんが、ぜひ口説き落としてうちに入れたいって言ってたから、会ってみたいと思ってたの。気になることは何でも聞いてちょうだい」

目もとをやわらげてほほえむと、いっそう華やかな印象になる。

「ありがとうございます」

緊張しつつも名刺をもらった俺は、ふと首をかしげた。

「あの、所長代理っていうのは」

「ここの所長、少し変わり者でね。出世したのに現場が好きで、年中外を回ってるから、ほとんど事務所にいないの。それで私がここを預かってるってわけ」

ついでにあの子たちのお世話もね、と静真さんは冗談めかした顔で奥の招き猫を示す。

「死神の仕事はそうやって外に出ることが多いから、事務所に人がいることはあんまりないわね。まあ、刑部くんは残業が好きみたいで、遅くまでよく残ってるけど」

「僕だって好きで残ってるわけじゃありませんよ」

「なら、もう少し効率よく作業するのね。こういうのも、いつもまとめて放っておくからどんどん増えて片付かないのよ？」

静真さんは言って、テーブルの上の広告の束を、力をこめて取りあげる。

「どうもこまかい仕事は苦手で。僕も所長と同じで、外でお客さんを相手にしてる方が向いてるみたいです」

「あなたはまたそういう……」

苦笑した刑部に、静真さんは呆《あき》れ顔で束をめくり、長いまつげをしばたたいた。

「あら？　ちゃんと全部番号順になってる」

「必要なとこ探すのにわかりづらかったんで、揃えときました」

抜き出した広告に目をやって俺が答えると、刑部が目をみはる。

「こんなにあるのに？　さっき渡したばっかりだよ？」

「いや、でも千枚単位ってわけじゃないし……」

一番大きい桁《けた》から順に選《よ》り分ければ、揃えるのはそんなに難しくない。高校三年間、強豪校のバスケ部でレギュラーも取れず、マネージャーみたいな仕事ばかりしていたから、雑用ならお手のものだ。

「刑部くん、今日からでも彼に手伝ってもらったら？」

からかうように言った静真さんに、刑部は息をつく。

「できればそうしてもらいたいとこですけど、なかなか手ごわくて」

「いいお返事をもらえるといいわね」

静真さんは俺を見てにっこりほほえんだが、いくら美人の所長代理がいる職場でも、さすがに二つ返事で死神やりますとは言えない。

「そうだ。電話で言ってた渡会梨南《わたらいりな》さんの旅券、出しておいたわよ。まだ期限は来てないけど、あまり時間はないわね。祖父江《そぶえ》さんが担当してたお客さんだったみたい」

静真さんはそう言って三冊の旅券——俺には全部灰色に見える——を刑部に渡す。

「引き継ぎの時、祖父江さんから渡会さんの名前だけは聞いてましたから、ひょっとしてと思ったんです。近いうち説得に行くつもりだったんですが」

祖父江さんというのは、刑部が以前組んでいた同僚で、今は休職しているらしい。

この世を旅立った死者の魂は、普通であれば、出立界を経《へ》て次の世界に旅立つ。

しかし、この世に心残りがある死者はなかなか死神から旅券を受け取らず、幽霊となってさまよい、現世と出立界をふらふらと行き来しているのだという。

そういうお客には、旅券を受け取るよう、定期的に訪ねて説得にあたるのも死神の仕事なのだと、静真さんは俺に説明してくれた。

「ただ、旅券には期限があって、それを過ぎると受け取ることができなくなるの。旅券を持たない死者は、どこにも行けずにあてもなくさまようことになるから、本人のためにも期限内に受け取ってもらいたいところね」

静真さんはそう言うと、両腕を組んで刑部を見た。

「彼女の心残りは晴らせそう？」

「それは楓くんしだい、でしょうかね」

意味ありげな刑部の言葉を聞いて、俺は居たたまれない気分になった。

旅券発行事務所を出た俺たちは、上野大仏の前で渡会梨南さん（の幽霊）と合流し、東京の隣県にある俺の地元に向かうことになった。

幽霊がどうやって移動するのか気になったが、渡会さんは「わたしは電車のすみっこでおとなしくしてますから、みなさんはどうぞお気になさらず」とはかなげに笑って、山手《やまのて》線《せん》にひっそりと乗り込んだ。

幽霊が電車に乗るのかと驚いたが、それは隣にいる死神に対しても同様だった。

あたりまえのように刑部が同じ電車に乗るのを見て、俺は呟《つぶや》く。

「なんか……意外、ですね」

吊り革を握った俺に、「なにが？」と刑部がけげんそうな顔をする。

「さっきの比嘉さんも、電車の時間とか言ってましたけど。普通にこういうのに乗るのかと思って。てっきり、瞬間移動とか高速移動とか、そんな感じの方法で移動するのかと」

口にした後で我ながらなんてアホな感想だと思ったが、あいにく死神の知り合いがこれまでいなかったのだから仕方がない。

「言ったろ？　僕は普通の人間だって。正規のルートで修行した人たちならともかく、僕みたいな下っぱがそんな超人みたいなことできるわけないじゃない」

ちゃんと定期だって持ってるよ、と彼は内ポケットからSuicaをのぞかせる。

しかし、でかい図体と派手な外見は充分超人じみており、支給品のサングラスまで装備した刑部はどう見ても善良な一般市民からはかけ離れている。

車内の視線が吸引機みたいに集まるのをやり過ごそうと、俺はしらじらしく窓の外を眺めて他人のふりをした。けれど、刑部は全く気にした様子もなく、話しかけてくる。

「そういえばさ、比嘉さんで思い出したけど、彼、仕事のせいなのか、電車とか時刻表とか大好きなんだよねぇ」

「え。ほんとですか」

俺は目をみはった。あの雰囲気で鉄道好きとは意外な趣味だ。

「そう。だから、一緒に組むと移動の時とか大変でさ。乗り換えとか時間とかめちゃくちゃこまかいし、移動中も、昔の新幹線とか廃線になった路線の歴史とか、開発中の新型車両の話題とか、そんなんばっかでね。最初は珍しくてよく聞いてたけど、さすがに毎日ってなると、そんなに電車とか興味ないからしんどくって」

吊り革の上の鉄のバーを握り、刑部はため息をつく。話の合わない同僚とか、昼食の席で言ってたのはそのことかと納得したが、同時に俺は、刑部とあの人が同じ車両に乗り込んで来たら乗客はさぞ慄《おのの》くだろうなと、余計なことまで心配になった。

「でも、よく考えたら事務所は上野にあるんですよね。俺は都内じゃなくて隣の県に住んでるのに、どうして刑部さんが俺のところに来たんですか」

「上野支部って言っても、上野にある支部って意味で、上野在住のお客さんだけ担当してるわけじゃないからね。うちは首都圏全域どこでも行くよ。情報は都内にある本部がまとめて管理してて、そこからリストが送られてくるんだ」

刑部たちはそのリストを元に死者たちを訪ね歩くのが仕事で、決まった地域を担当しているわけではないらしい。

「いまいち仕組みがよくわからないんですけど。刑部さんたちは、死――お客さんが旅立つ時にお世話しに行くんですよね。てことは、旅立つ瞬間に、現場に行くわけですか」

ほかの乗客に配慮しつつ、俺が気になっていたことを聞くと、刑部はうなずいた。

「あらかじめリストが送られてくる場合はそうなるね。やっぱり、物理的な肉体の力って強力だからさ。本体が近くにあった方が、いわゆる『出国ロビー』にお客さんが飛ばされても、肉体に残った意識の波長をたどっていくから居場所が見つけやすいんだ。さっきみたいな飛び込みのお客さんの場合だと、どうしても事後になっちゃうけど」

「だったら」

俺はふと、あることに思い当たる。それはある意味おそろしい想像だった。

黙り込んだ俺を見て、刑部は不思議そうに首をかしげる。

俺は声を落とし、ぼそりと聞いた。

「刑部さんはお客さんがいつ、どこで旅立つのか、あらかじめ知ってるってことですか」

「……まあ、ある程度はね」

肯定する静かな声に、俺は吊り革を握りしめた。

刑部たち死神は、誰が、いつ、どこで死ぬかを知っている。だとすればそれは、どんな感覚なのだろう。考えたとたん、急に酸素が薄くなったみたいに息苦しくなる。

「でもさ、そんな神さまみたいなすごいことでもないんだよ。あらかじめ知ってるって言っても、僕たちにリストが送られてくる時には何をどうやっても手遅れになってるから」

「手遅れって」

「病気や寿命って意味だけじゃなく、突発的なアクシデントの場合であってもね。たとえば、どうにかそれを防ごうとして僕たちが動いても、急に電車が止まったり豪雨にみまわれたり、何かに邪魔されて絶対に防ぎきれないようになってる。お客さんが旅立とうと本気で決めたら、他人が止めることなんてできないんだよ。どんなに力があってもね」

それは運命とか、そういうものなのだろうか。

たとえ動かしようがなかったとしても、あらかじめ知っていたら、助けずにいられないのが人間じゃないかと思うと、俺にはとても刑部のように割り切れそうにない。

「なら、刑部さんは、旅立っていく人を助けたいと思ったことはないんですか？」

俺が尋ねると、刑部は一瞬口をつぐんだ。

「……さあ。どうだったかな」

軽い口調で答えると、はぐらかすように窓の外に視線を向ける。サングラスのせいで、彼がどんな表情をしているのか、よくわからない。

ほどなく秋葉原《あきはばら》に着き、車内にどっと人が乗り込んできたから、それ以上こみいった話をすることはできなかった。


上野から電車を乗り継ぎ、俺の地元に着くころには、もう夕方近かった。

「今の時間なら、晴樹《はるき》は剣道教室に行っていると思います」

と渡会さんが言うので、俺たちはひとまず教室の開かれている道場に向かった。

ほかの子供や、指導する先生なんかもいる状況で、俺たちみたいな赤の他人がどうやって晴樹くんに近づくのかと思ったが、刑部は奇をてらわなかった。

「実は、僕の息子をここに通わせたいと思ってるんです。こっちは僕の弟で、やはり剣道に少し興味があるというので連れてきました。さしつかえなければ少し見学させていただいてもよろしいですか」

名刺を渡して丁寧《ていねい》に名乗ると、刑部は道場の師範《しはん》にそう言ったのである。

さすがに死神の名刺を渡したりはしなかったようで、師範は邪魔にならないよう道場の端か外からならという条件で、見学の許可をくれた。

道場の隅で師範と話し込んでいる刑部から離れ、俺は渡会さんと一緒に開け放たれた戸口から稽古の様子をうかがうことにする。

教室に通うのは小学生ばかりだが、しっかり防具をつけ、気合のみなぎる掛け声とともに打ち込む姿は、傍《はた》で見ていてもいさましかった。

面をつけているから俺には誰が誰だかわからなかったが、渡会さんにはわかるようで、

「あ、あれです。今打ち込んだ手前奥の子!」とすかさず息子を見つけて俺に教える。

自分より体の大きな相手にもひるまず、竹刀《しない》で何度も打ちかかる晴樹くんの様子は、川原で泣きながら教科書を拾っていた姿と嚙みあわなくて、俺は少しとまどった。

あんな気概《きがい》があるのなら、黙っていじめられたりはしないんじゃないかと思えたのだ。

「晴樹くんは、いつごろから剣道を始めたんですか?」

俺が小声で聞くと、渡会さんは胸の前で手を組んで、息子の稽古に見入ったまま答える。

「去年の夏、わたしが死んだ少し後です。主人は経験者ですし、いい先生がいるから始めてみようということになったみたいで」

「じゃあ、晴樹くんが学校でいじめられるようになったのは？」

渡会さんは記憶をたどるような顔になり、ぽつりと言う。

「二カ月前くらいから、でしょうか」

母親である渡会さんが病気で亡くなって、晴樹くんはずっと沈みがちではあったようだが、この教室に通うようになって、少しずつ元気を取り戻していたらしい。

渡会さんはそれを見て安心しかけたのだが、ある時を境に晴樹くんは急にまた元気がなくなったのだという。

「わたしが生前使っていたハンカチや化粧品を晴樹が時々持ち出すようになって。学校にも持ち込んだりしていたから、そのことでからかわれるようになったみたいです」

渡会さんはかたい表情でうつむく。

晴樹くんが母親のものを持ち歩くようになったのは、さびしさを埋めるためだろうか。

「でも、周りの子にからかわれて晴樹も気づいたんでしょう。しばらくしてハンカチや化粧品を持ち歩くのは治まったんですが、いやがらせのほうは続いていて。あの日も、ランドセルの中を見せてみろと他の子に言われて、抵抗した晴樹ともみあううちに、橋の上からはずみでランドセルが落ちてしまったんです」

川原での出来事には、そういう経緯《いきさつ》があったのか。

「ランドセルを拾ってくださった琴寄さんが流されて、晴樹が逃げるのを見て、わたしも動転してしまって。あわてて後を追ったんですけど、晴樹は見つからなくて。もう一度、川原に戻った時、琴寄さんが救急車に乗せられるところを見たんです」

幽霊である渡会さんはちゃっかり救急車に便乗し、俺の容体を確かめたらしい。

「そのあと、家に戻ってみると、琴寄さんに拾っていただいたランドセルを、晴樹は持ち帰って何とか使えるようにしようとしてました。でも、川の水に一回浸《つ》かってしまったから、さすがに買い替えるしかないと夫に言われて」

それを聞いた晴樹くんは明らかに気落ちした様子だったという。

「ランドセルは義母《はは》が買ってくれたものなんですが、絵具をこぼして汚れたりして、あちこち傷《いた》んでたから、無理に使い続ける必要ないんです。義母も新しいものを買ってあげると言っているんですが、どうしても今使っているものがいいみたいで」

落ちたランドセルを拾うため、濁《にご》った川に入ろうとしていた姿を俺は思い出した。

「あれじゃなきゃいけない理由が、何かあるんですかね」

俺の言葉に、渡会さんは「え？」と振り返る。

だとしたら、確かめてみる必要がありそうだった。


一時間ほどして教室が終わり、着替えた子供たちが続々と道場から出てくる。

そんな中、晴樹くんも何人かの友達と話しながら出入り口にやってきた。

迎えの保護者と子供たちでしばらく出入り口付近はごった返したが、人の波が引くとようやく静かになる。そんな中、最後に一人、晴樹くんは出入り口脇の壁にもたれて立っていた。

いつもは晴樹くんのお祖母《ばあ》さんが迎えに来るそうなのだが、今日は遅れているらしい。

だとすれば、話すのは今がチャンスだ。

「そういえば、刑部さんはどこに行ったんでしょう？」

「さっきまでそこで道場の人と話してたんだけどな」

渡会さんの問いに、俺は周囲を見回す。見学中も「あの年の全日本選手権は」と何やら師範と熱く語りあっていたから、ほとんど稽古を見てなかったんじゃないかと思う。

何しに来たんだあの人は、とため息をつきつつ、ひとまず目的を果たすべく、俺は晴樹くんに歩み寄った。

「よ。元気そうじゃん」

軽く声をかけると、晴樹くんはけげんそうに顔をあげ、俺の顔を認めるなり、「ヒッ」と息をのんで壁にへばりついた。

「おっ……おじさん……」

「おじさんじゃなくて、琴寄楓《ことよりかえで》な。ちなみにまだ二十二だ」

俺はいちおう訂正したが、全く耳に入ってない顔で晴樹くんはまくしたてる。

「おじさん怒ってる？　怒ってるよね。おれ、やっぱ呪われる⁉」

「あー。べつに呪いに来たわけでも殴《なぐ》りに来たわけでもないから。ついでに俺は死んでないし、幽霊でもない。溺《おぼ》れたけど助かったし、ピンピンしてるよ」

足もついてるぞ、と片足を持ちあげると、晴樹くんはこわばった顔のまま俺の足を見て、安心したように息を吐いた。

「そっか。よかった……」

「警察、呼んでくれたのおまえなんだろ？　警察から消防にも連絡が行って、俺も助かったんだ。公衆電話のかけ方なんてよくわかったな」

「このあいだ、学校で教わったから」

最近の小学校じゃそんなことまで教えるのかと思っていると、自分を落ち着かせるためか、晴樹くんは何度か深呼吸をくり返す。

「おれ、一回逃げて、でもそのあと、おじさん死んじゃったらどうしようって思って、電話かけたあと引き返したんだ。おじさんが助けられて救急車に乗るとこ見たけど、でも、追いかけらんなくて。おじさんが生きてるかどうかもわかんなくて……」

ひと息に説明して声を詰まらせた晴樹くんは、うなだれたまま拳《こぶし》を握った。

「せっかく、あれ……拾ってもらったのに」

ごめんなさい、と最後に続いた声はか細かったが、俺には届いた。

「わかった」

みじかく答えた俺の声も届いたのか、晴樹くんは詰めていた息をほっとゆるめる。

「俺が今日、ここに来たのはさ、おまえのこと、心配してる人がいて、その人に頼まれたからなんだ」

そう切り出すと、晴樹くんは驚いたように顔をあげた。

「……だれ？　父さん？」

「いや。おまえの母さん……の友達、かな」

俺は、晴樹くんのそばに立っている渡会さんをいちべつする。嘘をつくのは得意じゃないし、子供を騙《だま》せる自信もなかったから、ある程度まで正直に打ち明けることにした。

「その人、ちょっと遠くに住んでて、おまえのことすげえ心配なんだけど会いに来られないから、俺に代わりに様子見てきてほしいって。なんか落ち込んでるみたいだからってさ」

晴樹くんは何度かまばたきすると、ごまかすようにそっぽを向いた。

「べつに、落ち込んでないよ」

「そうか？　ランドセル捨てることになってへこんでるって聞いたけど」

俺の言葉に、ぎくりと晴樹くんの肩が揺れる。

やがて彼はうつむき、悄然《しょうぜん》とした声でぽつりと言った。

「せっかくおじさんに拾ってもらったのに、あれ、もう使えないんだ。処分するしかないって、父さんが」

川の水をガブ飲みしたランドセルなら仕方ないだろうな、と俺が呟くと、晴樹くんが拳をきつく握りしめる。

「でもだめなんだ。あれじゃないと。あれがなかったら、おれ……」

それきり声を詰まらせた晴樹くんに、俺は気になっていたことを聞く。

「特別なものなのか？　あのランドセル」

晴樹くんはぴたりと動きを止め、それきり石みたいに黙り込んだ。

いきなり核心を衝《つ》くのはまずかったか、と俺は反省し、適当な話題をさがす。

「あー。っと、そういや、けっこう剣道強いな、おまえ。いっぱい打ち込んでたじゃん」

「……あんなの、まだまだだよ」

乗ってきた。

「そうか？　でも、おまえより体大きい奴にも負けてなかったし、声も出てたけど」

「自分じゃわかんないよ。いつも、夢中でやってるから」

「へえ？　夢中になれるんだ。それ、いいな」

「なんで？」

「夢中になれるってことは、楽しいってことだろ。好きってことじゃん。向いてるよ」

「向いてないよ。父さんに言われてやってるだけだし」

むきになったように言って、晴樹くんはようやく顔をあげる。それを見て俺は笑った。

「俺も最初、親の趣味でバスケやらされたけど、あんま夢中になれたことってないぞ」

「そうなの？」

「ああ。そもそも俺がバスケやらされたのって完全に母親の趣味でさ。俺が生まれた頃に流行《はや》ってたバスケ漫画に、めちゃくちゃうまくてかっこいい選手がいて、その選手の名前をもらったからなんだって。笑えるだろ？　次男の名づけ方なんてそんなもんだよ」

しかし盛大な名前負けだったのか、そこそこの技術は身についてもそれ以上には行けず、俺の身長は一八〇まであと一センチ半というところで止まり、高校三年間は強豪のバスケ部でベンチを温めただけで結局やめてしまった。

「おれの名前も、母さんがつけたんだ」

俺の話を聞いて何か思い出したのか、晴樹くんがそう口をひらく。

「新婚旅行ですごくでっかい樹を見に行って、空が晴れてすごくきれいだったから、晴樹ってつけたって言ってた」

「へぇ。いい話だな」

ちょっとうらやましい。

「おぼえててくれたんだ……晴樹」

晴樹くんの隣に立っている渡会さんが、それを聞いてうれしそうにほほえむ。

「おまえがちゃんとおぼえてるから、母さんもよろこんでるんじゃないか」

俺が呟くと、急に晴樹くんの顔がこわばった。

「そんなのわかんないよ」

「なんで？」

「おれの母さん、去年死んじゃってもういないから」

そこにいるけどな、と、晴樹くんのそばに立つ渡会さんを見て俺は思う。

「死んじゃった人は、生きてる人が忘れなければ、ずっと一緒にいられるって、おばあちゃんが言ってたんだ」

「そうかもな」

俺がうなずくと、晴樹くんは悲しそうに唇を噛み、顔をゆがめる。

「おれ、母さんのこと忘れたくないよ……」

切実な声に胸をつかれ、俺はとっさに言葉を失った。

声をかけることも触れることもできない渡会さんは、痛みに寄り添うように、晴樹くんのそばでそっと目を閉じる。

ようやく迎えが現れたのはその少し後で、お祖母さんらしき姿を外門のそばに見つけ、晴樹くんはぱっと顔をあげた。

お祖母さんは誰かと立ち話をしているようで、門柱の陰にもう一人の影がのぞく。

「げ」

何気なく立ち話の相手を確認した俺は、思わず声をもらした。

相手はよりによって刑部で、しきりと話しかけてお祖母さんを笑わせていたからだ。

「何やってんだ、あの人は」

俺が顔をしかめていると、晴樹くんは俺を見あげ、それから刑部を見て、なぜか納得したようにぽつりと呟いた。

「そっか。おじさんと一緒に来たんだ、あの人」

妙にひっかかる口ぶりに、俺は晴樹くんを見下ろす。

「あの人のこと、知ってるのか？」

俺の問いに、晴樹くんはこくんとうなずき、思いがけないことを言った。

「だって、川で溺れてたおじさんを助けたの、あの人だもん」

一瞬、自分が何を聞いたのかわからなくなり、思考が途切れそうになる。

「…………は？」

かろうじてそれだけもれた声を聞いて、晴樹くんは続けた。

「おれが電話して、川原に戻ったら、あの人がおじさんを川から引っぱり上げてた。そのあと救急車が来たんだ。だから、おじさんと一緒にあの人がいるんじゃないの？」

不思議そうに聞かれても、何も答えられない。

くだけた表情で立ち話を続けている刑部を、俺はしばらくの間、呆然と見つめていた。

「その様子だと、晴樹くんの心の憂《うれ》いは簡単には晴れそうにないってことかな」

俺の話を聞き終えた刑部は、隣を歩きながら言った。

あれから刑部と合流し、道場から帰る途中のことだった。

とっくに日も暮れて、川沿いの道をぽつぽつと街灯が照らしている。

渡会さんは晴樹くんについて家に戻ったから、ここにはいない。

刑部は、晴樹くんのお祖母さんに道を尋ね、ずっと引き止めていたらしい。

「楓くんが晴樹くんと話せるように、時間を稼ごうと思ってね。話題に苦労したよ」

その甲斐あってか、すっかり気に入られたようだ。一緒に晴樹くんのところへ現れた刑部は、何やらお祖母さんと親しげに約束までしていた。

いっぽう俺は、晴樹くんに聞いた事実をいまだ消化しきれていなかった。

お祖母さんが晴樹くんの迎えに現れ、刑部と会うまでに、かろうじて平静を装うだけの気力は取り戻したものの、頭の奥で割れ鐘《がね》が響いてるようで、落ち着かない。

「楓くん、どうかした？　顔色よくないけど」

「へ⁉　いや、べつに」

心配そうな視線を向けられ、我に返る。とりあえず話を戻そうと、俺は口をひらいた。

「その……渡会さんに言われて話してみたけど、晴樹くんが沈んでる理由って、俺が溺れた件とはあんまり関係ないんじゃないですかね」

溺れた俺を見捨てて逃げたことは、確かに気に病《や》んでいたようだが、俺には母親のいないさびしさの方が強く感じられた。

「母さんのこと忘れたくないって言ってたし。渡会さんのものを持ち歩いてたのも、そういう気持ちからだとしたら、他人の俺がどうにかできることじゃないと思うんですが」

渡会さんを安心して旅立たせるためにも、晴樹くんの心のつかえを取ることができればと思ったが、そのつかえが母親を亡くした痛みなら、解決できるのは時間だけだ。

「何年も時間がたてば、少しは気持ちが楽になるかもですが、今すぐ元気になれっていうのは難しいんじゃないですかね」

「時がたてば、か」

ポケットに手を入れて歩きながら、刑部は確かめるように呟く。

「……人の気持ちって、わりと表裏一体だよね」

ふいに口にされた言葉に、どういう意味かと目をやると、彼はベストのポケットからコインを取り出し、指先でもてあそんだ。くるくると長い指の間を渡るコインの動きは手品師みたいで、俺はその手さばきに感心する。

「ひとつの気持ちの裏側には、もうひとつの気持ちが隠れてるものじゃないのかな。たとえば、口にするのは建前の言葉だけど、本音はその裏側にあったりする。『嫌われたくない』って言葉の裏側には、『好かれたい』って気持ちがあるみたいにさ」

刑部は戯《たわむ》れのようにコインを親指ではじくと、片手で受けとめた。

「『嫌われたくない』の裏側に『好かれたい』、『忘れられない』の裏側に『忘れたい』があるとしたら、さ。『忘れたくない』って気持ちの裏には、一体何があるんだろうね？」

コインを握ったまま問われて、俺は少し考える。

「さあ。おぼえていたい、とか、そういう気持ちじゃないですかね」

「……おぼえていたい、ねぇ」

刑部は首をかしげる。その声の響きは、俺の答えに納得していないようにも聞こえた。

「刑部さんは違うって言うんですか？」

「僕には晴樹くんの気持ちまではわからないよ。ただ、時間が解決できる問題かどうか、確かめることはできるかな」

「確かめるって、どうやって」

「それは秘密」

口もとに指をたてた刑部を見て、俺は顔をしかめた。

「なんですかそれ」

「明日になればわかるよ。うまくいくかはわかんないけどね」

思わせぶりに言って刑部は笑うと、コインをベストのポケットに戻す。

余裕のある後ろ姿を眺めているうちに、妙な苛立《いらだ》たしさがこみあげてきて、気がつくと俺の足は止まっていた。

今さっき、刑部が口にしていた人の心の表と裏。彼の言葉のどれが真実なのか、何を信じればいいのか、今の俺には見分けがつかない。

「……ほんと、信用ならない人だな」

低い独り言が耳に届いたのか、いぶかしげに刑部が振り返る。

「楓くん？」

腸《はらわた》からこみあげてくるのが、怒りなのか不信感なのか、それとも別の何かなのか、自分でも判別がつかなくて俺は眉を寄せた。刑部にどう問いただせばいいのかわからないまま、前髪をかきあげる。

「一体、何考えてるんだ。あんた」

それでも黙っていることはできず、俺が言葉を投げつけると、刑部から笑顔が消えた。

「今まで俺に話したことの中に、嘘じゃないものがいくつある？　何が目的でそんなまねをした？　隠しごとはしないって言ったのも嘘かよ」

たてつづけに問うと、刑部は当惑《とうわく》したように首をかしげた。

「楓くん……なんの話？」

「俺が溺れた時の話だよ！」

取り繕《つくろ》うこともできずに声をあげた俺に、刑部は絶句する。

「あんたが俺を助けるところを晴樹くんが見てたんだ！　あんた、死神じゃなかったのか？　何をどうしても死んでく人間は救えないって言ってたよな。だったらなんで俺を助けた。どうして俺は生きてるんだ。俺に話したことは全部嘘なのか？　説明してみろ！」

木偶《でく》のように無言で立ちつくしている刑部に近づき、襟をつかんで詰め寄ると、苦痛をこらえるようにその顔がゆがむ。

答えを口にしない刑部を見て、俺は奥歯を噛みしめた。

考えてみれば、最初から矛盾《むじゅん》はあったのだ。病院に搬送《はんそう》された俺が刑部の名刺を握っていたのも、物理的に接触したのでなければありえない話だったのに。

「ごめん」

息苦しいほどの沈黙のあと、ようやく刑部が口をきく。

「それは何に対する詫《わ》びなんだ。俺を助けたことなら、詫びる必要なんかないだろうが！」

「……なら、黙ってたことへの、かな」

目を細め、刑部は笑みに似た表情をうかべた。芯のない答えに、俺の苛立ちは強くなる。

「なんで黙ってたんだ」

「死神にもいろいろ規約があってさ。お客さんの旅立ちを邪魔するのは、死神にとって重大な規約違反なんだ。僕はそれを破ったから、楓くんには言えなかった」

静かな声を聞くうちに、襟をつかんでいた力がゆるむ。

「規約違反て、いくら邪魔しても無駄みたいなこと、言ってなかったか？」

「結果的に救えなかった命であれば、それはゆるぎない本人の意志で旅立ったものだけど、誰かが手を貸した結果、救われたなら、それは本来の旅立ちを邪魔したとみなす——っていうのが死神業界での論理でね。規約違反の対象になる」

なんだそれ、と俺は吐き捨てた。

人助けをして、結果的に相手が助かったら罪になるなんて、そんなのはまるで、

「死神、だからね。人助けして褒《ほ》められちゃったら、成り立たないでしょ」

刑部は肩をすくめ、冗談ぽく言う。その口調に毒気を抜かれた、というより脱力して、俺は刑部から手を放した。

「俺は、邪魔されたなんて思ってない」

むしろ、あのまま死んでいたらと思うとぞっとする。助けられたことを感謝こそすれ、罪があるなんて思うはずがない。

「ありがとう」

刑部はほほえんだ。礼を言わなきゃならないのはこっちなのにと、俺はまた腹立たしくなる。

「楓くんがそう言ってくれるだけでも救われるよ。でも、僕が死神の役目を果たさなかった事実は変わらないからね」

だから罰を受けるのも当然なんだ、という言葉に、俺は昼間のことを思い出した。

上野の旅券発行事務所を訪れた時、比嘉さんは刑部に「減俸」がどうとか話してなかったか。あの時、比嘉さんはほかにも何か言っていたはずだ。

「刑部さん」

背中を向け、再び川沿いの道を歩き出した刑部を、俺は思わず呼び止めた。

「罰って一体何なんだ」

せきこむように尋ねた俺に、彼は横顔だけを見せてふわりと笑う。

「楓くんは知らなくていいよ」

その声は憎たらしいほど自然で軽く、刑部はもう立ち止まりもしなかった。

刑部《おさかべ》から連絡があったのは、その翌日のことだった。

俺が溺れた川沿いの遊歩道で待っていた刑部は、今日も腹が立つほど洗練されたスーツ姿で、ご丁寧《ていねい》に例のソフト帽まで装備している。

「やあ楓《かえで》くん。呼び出しちゃって悪かったね」

昨夜のやりとりなんてなかったみたいに刑部の態度はほがらかで、俺は一瞬混乱した。

自分だけ動揺するのもいまいましくて、俺も何くわぬ顔で問う。

「なんですか、いきなり」

「実は、楓くんに見てもらいたいものがあってさ。君もいちおう関係者の一人だし」

刑部は手にしていた紙袋を掲げて言った。

「関係者って、なんの」

俺がいぶかると、刑部は得意げに「その前に、これなーんだ」と謎をかける。

「知りませんよ、そんなの」

大の男と謎かけごっこなんて楽しくも何ともない。

俺がばっさり回答を拒否すると、刑部は不満そうにため息をついた。

「少しは乗ってくれてもいいのに。けっこう大変だったんだよ？　これ持って来るの」

だから何なんだと思っていると、刑部は、がばりと紙袋を開いて中を見せる。

「はいこれ、晴樹《はるき》くんのランドセルでーす。楓くんが命がけで拾った大事なランドセル。僕と楓くんが出会うことになった運命のランドセルでもあるね！」

「そのフレーズやめてくれ」

敬語を口にする気にもなれず、俺は呟《つぶや》いた。刑部に助けられたきっかけとも思えば、下手《へた》をすると一生引きずるネタになりそうで怖い。

「でも、これがここにあるってことは、まさか盗《ぬす》──」

死神だというのは百歩譲って認めるとしても、窃盗《せっとう》はさすがにまずいのではないかと俺が疑惑の目を向けると、刑部はあわてたように否定した。

「ちがうちがう！　盗んだわけじゃないからね！」

「刑部さんが、さっき義母《はは》から借り受けたんです」

そう言い添える声に目をやれば、いつの間にか俺の隣には渡会梨南《わたらいりな》さんが立っている。

「古くなったり、汚れがひどくなったランドセルを洗浄して修理する業者があると紹介してくださって、今日はその受け取りに」

昨日、俺が晴樹くんと話すための時間稼ぎをする間、晴樹くんのお祖母さんと話し込んでいた刑部は、ランドセルの件で晴樹くんが気落ちしていることを知り、買い直さなくてもきれいに直せるかもしれないと話したのだという。

「もともと、晴樹くんは危険を冒《おか》してまでこれを自分で拾いに行こうとしてたわけだからね。何か秘密があるとしたら、確かめてみたくてさ」

紙袋から黒いランドセルを取り出しながら、刑部は言う。

「でも、特に変わったところなんてないように見えるけど」

かなり汚れを落とす努力をしたのだろう。黒革のランドセルの表面は、あちこち傷こそついているものの、思ったより無残な感じではなく、普通のランドセルに見えた。

そんな俺にちっちっと刑部は指を動かすと（仕草がいちいち古い）、ランドセルの上蓋《うわぶた》を開け、てきぱきと中を検《あらた》める。

「こういうのは、あちこち秘密のポケットやファスナーなんかがついてたりするんだよね。だからたとえばそこに何か手がかりになるようなものが隠れてたり」

何もなかった。

「あれ？」

笑顔を貼りつけたまま、刑部は首をかしげている。俺はなんだか気の毒になって、線香を供《そな》えてやりたくなった。

一方、刑部の傍《かたわ》らで考え込んでいた渡会さんは、何かひっかかる言葉があったのか、ぶつぶつと口の中で呟いている。

「渡会さん、どうかしましたか？」

俺が聞くと、はっとしたように渡会さんが顔をあげた。

「そこです！」

「は？」

俺と刑部が同時にまばたくと、渡会さんはもどかしそうにまくしたてる。

「だから、そこに隠れたものがあるんです！　ランドセルの底を見てください！」

そういう意味かと、俺たちはほぼ同時にランドセルの底をのぞきこんだ。

しかし、黒い底が見えるだけで、何かが隠されているようには見えない。

「底板を両面テープで留めてあるんです。力を入れたら外れるはずです！」

刑部が言われたとおりに底板を外すと、その下にあるものがあらわになる。

「あ……」

隠されていたのは、もう一枚の底板だった。

プラスチック製の底板には、マジックで猫のイラストが描かれていて、「はるきがんばれ！」という文字が記されている。

「どうして……忘れてたのかしら」

呆然としたように、渡会さんは立ちつくしていた。

「これ、梨南さんが作ったものですか？」

刑部の問いに、我に返ったように渡会さんはうなずく。

「はい。入学してすぐ、晴樹が学校で絵具をこぼしたことがあったんです。帰って来てみたら、ランドセルの底が汚れていて。きれいに掃除したんですけど、底敷の方はくしゃくしゃで使えなかったから、新しいものを買って敷くことにしたんです」

ランドセルの底板は、もともと修理のために外れるような造りになっているらしい。だから新しい底板だけを買えばよかったのだが、渡会さんは晴樹くんのためにひと工夫することにしたのだという。

「晴樹が生まれてから、わたしは病院を行ったり来たりする生活で、入院ばかりしていたから、あんまり晴樹のそばにいてやれませんでした。その時は、たまたま外泊許可が出て、何日か家にいることができたから、何かびっくりするような、元気の出る仕掛けを作ろうって思ったんです」

しかし、そのもくろみは大失敗に終わった。

「こんなの学校で誰かに見られたら、からかわれるし恥ずかしいって晴樹に嫌がられて。

お母さんはいつも家にいないからこんなこともわからないんだよって言われて、返す言葉もありませんでした。だから、すぐに無地の底板を買ってきて、上から両面テープで貼り付けて隠したんです。晴樹が見たのは一回だけだし、てっきり忘れてると思ってたのに」

晴樹くんに不評だったことと、すぐに目隠ししてしまったことで、渡会さん自身もランドセルの仕掛けのことは、なかったものとして思い出さないようにしていたらしい。

「でも、ここに貼ってあった両面テープ、新しいみたいだよ」

刑部は目隠しになっていた無地の底板をひっくり返し、そんなことを言う。

「それに、この目隠しになってる底板、片側にしか両面テープがくっついてなくて、端っこに折りぐせがついてる。フタみたいに時々開けて、下の絵をのぞいてたんじゃないかな」

「それじゃあ、晴樹は……」

渡会さんが目をみはる。

あれじゃないとだめなんだ、という晴樹くんの言葉を俺は思い出した。

このランドセルが、化粧品やハンカチと同じように、母親を思い出すためのものだとしたら。

「待って！　それ、返して！」

そこまで考えた時、甲高《かんだか》い子供の声とともに、小さな人影がこちらに駆けてきた。息を切らせて走ってきたのは晴樹くんだ。

刑部が預かったことを知って追いかけてきたのだろうか。必死な様子で俺たちのいる場所にやってくると、ひったくるように刑部の手から自分のランドセルを奪い取る。

「いらないものじゃないから！　これがないと困るんだ！」

晴樹くんは叫び、ランドセルを抱えると、取られまいとするようにしゃがみ込んだ。

「晴樹……」

たまらなくなったように渡会さんは駆け寄り、肉体を持たない腕で、晴樹くんを抱きしめる。

「ごめんよ。思い出を取りあげるようなまねをして」

ソフト帽の陰で目を伏せて、刑部が詫びると、晴樹くんは無言で肩を震わせた。

「亡くなったお母さんのこと、今も大事にしてるんだね、君は」

「……大事になんか、してないよ」

ぽつりと、絞るように呟かれた言葉は、意外なものだった。

「おれ、ひどいんだ。これの底に描いてある母さんの絵、ずっと忘れてた。母さんがこれ描いてくれた時も、こんなのいらないって言って怒ったし。全然、大事にしてなかった。

母さんだって、おれのこと怒ってるよ」

晴樹くんを抱きしめていた渡会さんは、その言葉に必死に否定する。

「……怒ってないって、お母さんなら言うと思うけど」

刑部は渡会さんの気持ちを代弁するように伝えたが、晴樹くんはかたくなに否定する。

「それだけじゃないんだ。おれ、今だってひどいんだ。これがないと忘れちゃうから。母さんのこと」

晴樹くんを抱きしめていた渡会さんが、はっとしたように顔をあげる。

「忘れたくないのに、おぼえてなきゃいけないのに、どんどん忘れてくんだ、おれ……」

ランドセルを抱え、声を詰まらせる晴樹くんは、まるで見えない母親の、渡会さんに懺《ざん》悔《げ》でもするみたいに見えた。


「剣道教室、父さんに言われて行くようになってさ。最初はめんどくさいって思ったけど……なんか、だんだんおもしろくなって」

ランドセルに伏せていた顔をあげ、晴樹くんがぽつぽつと話しはじめたのは、ひとしきり嗚咽《おえつ》をもらした後のことだった。

遊歩道脇の縁石に腰かけた晴樹くんの髪を、川風が撫でてゆく。

「うまく打ち込めるとやった！　って思うし、負けるとくやしくて夜寝られなくて。もっと強くなりたいって思うし、友達もいっぱいできて、そしたら教室行くの、どんどんたのしくなってって」

刑部はさえぎることもせず、片足を投げ出すように隣に腰を下ろして黙って聞いている。

俺は、叱《しか》られたように少し離れて立つ、渡会さんを眺めていた。

「母さんが死んだ時、あんな悲しかったのに、なんかおれ……知らないうちに、母さんのこと、思い出さないこと多くなってた」

晴樹くんはそう告白して、ぎゅっと唇を噛む。

「でもおばあちゃんが、死んじゃった人は生きてる人が忘れなければ一緒にいられるって言ってて。おれ、母さんのこと、忘れちゃうんじゃないかって、こわくなって」

逃げてゆく何かを放すまいとするように、晴樹くんはランドセルを抱きしめた。

母親の、渡会さんの私物を持ち歩くようになったのはそれがきっかけだったのだろう。

けれど、学校で母親の化粧品を持ち歩いているのを見られ、からかわれるようになった。

「忘れないようにしなきゃって思ったけど、母さんのもの学校に持ってってたら笑われて。どっかに隠そうとしたら、ランドセルの底がはずれて、思い出したんだ。これのこと」

ランドセルの仕掛けは、最初に見た時は恥ずかしかったのに、その時の晴樹くんにとって、生前の母親から手紙をもらったみたいにうれしかったのだという。

「これがあれば、いつでも母さんのこと、忘れなくてすむ。なのにもう使えなくて。新しい学校に行って、ランドセルも新しくなって、そしたらおれ、もう母さんのこと、思い出さないかもしれない。そうやってみんな忘れちゃったら、母さんは一緒にいられないのに。そんなの嫌なのに、それでも忘れてくんだ。サイテーだよ、おれ」

耐えきれなくなったように、晴樹くんは再び汚れたランドセルにつっぷした。

渡会さんは、そんな晴樹くんを呆然としたように見つめている。

「忘れたりしないよ、おまえは」

俺は目を伏せて、晴樹くんに言った。

「俺に教えてくれたじゃん。名前のこと。晴樹って名前、母さんがつけたんだろ？　だったら一生忘れやしねぇよ」

「でもおれ、剣道やってると母さんのこととか、全然思い出さないし」

「何かに夢中になってたら、オヤのことなんて忘れるだろ、普通に。相手が生きてるか死んでるかにかかわりなく、そんなのあたりまえにあるよ。母さんが入院してる時だって、それは変わらなかったんじゃないか？」

俺が言うと、ランドセルを抱えていた晴樹くんの腕が、わずかにゆるむ。

「だけど……どんどん忘れてくの、自分でもわかるんだ。こわいよ」

生きていれば、いろんなことが起こる。

楽しいことも、いやなことも、うれしいことも、しんどいことも、毎日、毎瞬、限りなく起きる。生きた時間を過ごす人間にとって、過去にいた人の存在が薄れてゆくのはどうしようもないことだ。たとえどんなに大切な人だとしても、新しい出来事が、新しく出会う人たちが、過去の思い出をかき消してゆく。それは誰にも責められない。

けれど、誰かが生きていた痕跡をすべて消し去るなんてことは、きっと不可能だ。

「忘れることがあったって、全部じゃないだろ？　それに、忘れたら、また思い出せばいいんだよ。おまえが忘れても、おまえやおまえの周りに、ちゃんと証拠が残ってるんだから。どこに行っても、何を手放しても、そういうのは簡単に消えたりしないんだよ」

その、最大の証拠を、俺は指し示す。

「おまえの母さんがいた証拠なら、ちゃんとあるじゃん。そこに」

俺が指さした先には、晴樹くんの顔があった。

「え……おれ？」

「おまえとおまえの母さん、そっくりだよ。二人並ぶと、よくわかる。肌の色が白くて、少し気弱そうなところかさ。忘れようが忘れまいが、そういうところにちゃんと、おまえの母さんはいるよ」

目をみはり、絶句している晴樹くんと、その隣にいる渡会さんを見比べて、やっぱり親子だなと俺は思う。

「心配しなくても、そうやって、忘れちゃならないことは、ちゃんと残るようにできてるからさ。夢中になって剣道やれよ。そんで、名前書く時、また思い出せばいいんだよ」

晴樹くんはしばらく口をきかなかったが、やがて深く息を吐いた。

「うん……」

ランドセルを膝《ひざ》に抱えたまま、彼はうなずくと、仔犬でも撫でるみたいに、傷ついた黒革を手のひらでさすっていた。

「晴樹は、ちゃんと立ち直ってたんですね」

晴樹くんが家に戻って行くと、遊歩道に立って姿が見えなくなるまで見送っていた渡会さんは、ぽつりと呟いた。

「去る者は日日《ひび》に以《もっ》て疎《うと》し、という言葉があります」

ずっと口をきかなかった刑部が、スーツの汚れを払って立ちあがる。ソフト帽を傾けたその顔は、陰になって俺からは表情がわからない。

「この世という舞台を下りれば、どんなにすばらしい役者でも、次第に観客からは忘れ去られていく。それは、どうすることもできないのかもしれません」

渡会さんは、ゆっくりと刑部を振り返った。

「未練があったのは、晴樹じゃなくてわたしの方だったんですね」

泣き笑いの表情で、そう冗談めかす。

「気づいてたんです、ほんとは」

晴樹くんが帰っていった遊歩道の先を見つめて、彼女は言った。

「母親らしいこと、何もしてやれずに晴樹と別れたこと、ずっと悔やんでました。入院ばかりで、晴樹の世話も義母《はは》にお願いするしかなくて、普通のお母さんみたいなこと全然できなくて。たまに、晴樹のために何かしても、すごく的外《まとはず》れなことをして、あきれられて」

渡会さんは両手をねじるように握りあわせる。

「本当はもっと一緒にいたかった。学校であったこと、毎日聞いて、ごはんを作って、一緒に遊んで、もっともっと、晴樹の母親でいたかったんです。なのにもうできなくて。だからせめて、少しでも長く、そばで見守りたかった」

渡会さんはうつむき、声を詰まらせる。

「晴樹が剣道教室に通うようになって、沈んだ表情が日に日に明るくなって、もう大丈夫って思えてからも、あと一日、あと少しって、旅券を受け取るのを先延ばしにしてました。そのうち、晴樹が学校でいやがらせをされるようになって、すごく心配なのに、心のどこかでほっとしてたんです、わたし」

渡会さんは眉を寄せ、苦しげに口元を覆《おお》う。

「晴樹がつらい目に遭《あ》ってるから、心配だから、もうしばらく見守らなきゃって言い訳して。死んでしまったわたしにはもう何もできないのに、晴樹はとっくに前を向いて歩いていたのに、それでも死んだわたしを忘れずにいようとしてくれてたのに。勝手にかわいそうと決めつけて、晴樹を不幸にしてたのは、わたしのほう」

ひどい母親ですね、と渡会さんはうなだれた。

「ひどくなんてありませんよ」

打ちのめされる彼女に、静かな声で刑部は答える。

「晴樹くんがあんなに怖がっていたのは、あなたを忘れてしまったら、もう一緒にいられなくなると思ったからでしょう。忘れたくないと思って、懸命に思い出をつなぎ止めようとしたのも、あなたのことが大切だからです」

目には見えなくても、感じることはできなくても、ひょっとしたら、そばにいる渡会さんの存在に、晴樹くんは気づいていたんじゃないかと俺はふいに思った。

自分が元気になって立ち直れば、母親が旅立ってしまうと無意識にわかっていたから、あんなに必死に思い出を守ろうとしたんじゃないだろうか。

すべては俺の、勝手な推測にすぎないけれど。

「それに、晴樹くんは忘れたりしませんよ」

俺の気持ちを代弁するかのように、刑部はおだやかに続けた。

「時間とともに薄れても、さっき楓くんが言ったように、あなたがいた証《あかし》は、この世にたくさん刻まれています」

晴樹という名前だけではなく、と刑部が続けると、渡会さんは小さくうなずき、やがて、俺の方を向いた。

「ありがとう、琴寄《ことより》さん」

「え……？」

「晴樹とわたしがそっくりだって琴寄さんが言ってくれて、それで思い出したんです」

そう言った渡会さんの表情が、やわらかくなる。

「晴樹が生まれた時のこと。保育器が必要なくらい小さくて、やわらかで。頭も、手も、足も、壊れそうなくらい小さいのに、ちゃんと動いて、あたたかくて、わたしのお乳を精一杯飲んで、元気に泣いてくれたこと」

いとおしそうにその時のことを口にすると、渡会さんは笑みをうかべる。

「あの子を産んだのはわたし。たとえあの子がわたしを忘れても、それだけはこの先ずっと、変わりませんから」

不思議な自信にみちた口調で言うと、渡会さんは刑部に向き直った。

その時、川面《かわも》から流れる風のにおいが変わった気がして、俺は何気なく視線を向ける。

川の向こうを眺めた俺は、愕然《がくぜん》とした。

傾いた夕日はそのままに、いつの間にか、川向こうにあったはずのビルや住宅街が消え、見たこともない日本家屋や、田園の広がる風景へと変わっていたからだ。

渡会さんのワンピースの裾《すそ》が舞い、その足元にくっきりと影ができているのを見て、俺は悟った。

ここは、出立界《しゅったつかい》だ。

「刑部さん。わたしに旅券をくださいますか？」

渡会さんの申し出に、刑部はほほえむ。

「ええ、もちろん。旅立ちには絶好の時間です」

内ポケットから三冊の旅券を取り出し、刑部は扇《おうぎ》のように広げた。

「さあどうぞ。お好きな場所に送ってさしあげますよ」

差し出されたそれは、懐《ふところ》から出した時にはすべて灰色のはずだった。

けれど、渡会さんが足を踏み出し、手を伸ばしたとたん、旅券の色が変わったように思えて俺は息をのむ。

金、銀、そして黒。それぞれ色の異なる三冊の旅券のうち、渡会さんが手にしたのは、真ん中にある銀色の旅券だった。

「よろしいですか？　では、お確かめいたします」

渡会さんが選んだ旅券を受け取ると、刑部は中を確かめ、読み上げる。

「渡航期間九年。渡航後は現世に帰還の予定。九年後、またここに戻れますよ」

あなたが望むなら、と言って、刑部は慣れた手つきで査証《さしょう》のページを開ける。

ブルーブラックの万年筆でそこにサインした後、ぽんとスタンプを押すと、刑部は丁寧な仕草で渡会さんに旅券を返した。

銀色のその旅券を、渡会さんは大事そうに抱きしめる。

「最後にどこか、ほかに立ち寄りたい場所はありますか？」

刑部の問いに、渡会さんはそっと首を振る。

「もう充分です。ここから送ってください」

そう言った表情はほんの少しさびしげで、でもどこか晴れやかにも見えた。

「では渡会梨南《りな》さん。どうか道中お気をつけて。……よい旅を」

刑部は帽子を脱ぐと、胸に抱えて最敬礼する。

「ありがとう。行ってきます」

渡会さんは目を細め、ほほえんだ。

すると、手にした旅券から燃え上がるように銀色の光があふれ、渡会さんを包みこむ。

光のまばゆさに俺は一瞬目がくらみ、再び気づいた時にはもう、渡会さんの姿はどこにもなくなっていた。

「……行ってらっしゃい」

そんな言葉が口をついたのが自分でも不思議で、刑部がちらりと笑みをうかべるのを見た俺は、気恥ずかしくなって視線をそらす。

渡会さんが旅立ったあとには、空を焦《こ》がす夕日の残照と、ゆったりと流れる金色の川面《かわも》、ねぐらに帰る鳥の群れが見えるだけの、ごくありふれた、けれどどこか懐《なつ》かしい景色が広がっていた。

渡会さんが選んだ旅券は、魂が一定期間の旅を経《へ》て、再びこの世界に生まれ変わるためのものなのだという。

「渡航期間は人によってまちまちでね。数年の人もいれば、十年二十年、百年単位で旅立っていく人もいる」

この世を離れた魂は、すべての源《みなもと》となる世界に帰り、それぞれに定められた期間を過ごして再び異なる世界へと旅立ってゆくのだと、刑部は俺に話した。

さっき見た、川向こうの田園風景はいつの間にか消え去り、俺の知る、見なれた景色へと戻っている。日はとうに沈んで、遊歩道にいる俺たちを、銀色の街灯があわく照らしていた。

「もう一度、この世界に戻ってくる人もいれば、もう二度と戻らない人もいるよ。でも、それを決めるのは僕たち死神の仕事じゃない。梨南さんは九年後にここへ戻ることになっているから、ひょっとすると、またどこかで晴樹くんに会えるかもしれないね」

それを選ぶのも彼女自身だと刑部は語る。

「渡会さんが旅券を選ぶ時、灰色だった旅券が金と銀と黒に変わったように見えました。渡会さんが選んだ銀色の旅券が、もう一度この世界に戻ってくるためのものだとしたら、あとの二つは天国か地獄行きってことですよね」

「楓くんがそう思うんなら、そういうことにしておこうか」

　俺の疑問に、刑部は意味深な答えを返す。

「え。じゃあ、違うっていうんですか」

　俺が混乱すると、彼は帽子を被りなおして笑った。

「旅券について詳しく知りたければ、うちに来てもらわないと。これ以上は機密事項だからね」

　そんなことを言われ、俺は仕方なく追及をあきらめる。

「なら、べつに知らなくていいです」

「楓くんも頑固だなぁ。死神の仕事、向いてるのに。さっきも僕と梨南さんに同調して、ちゃんと出立界についてきてたしさ。あれ、訓練しないとなかなかできないんだよ？」

「ただの偶然です。向いてませんよ、俺は」

　俺は口をひん曲げると、話をそらすべく、刑部の被っているソフト帽を見た。

「そういえば、刑部さんのその帽子って、サングラスと同じ支給品ですか？」

「ああこれ？　僕の私物だよ。完全に趣味だね」

　帽子のつばを指でなぞり、刑部は気取ったポーズをとる。

「なんでまた今時……」

「だって、お客さんの大事な旅立ちに失礼があったらいけないだろ？　最後の旅行なんだから、最高の礼儀で見送らないと」

「昨日は被ってませんでしたが」

「そうだっけ」

「ひょっとして、昨日一日じゃ渡会さんの件が片付かないって予想してたとか」

「まさか！　ただの偶然だよ」

わざとらしくすっとぼけた刑部を見て、俺は内心歯噛みする。

冷静に振り返ると、晴樹くんの「忘れたくない」という言葉の本当の意味に、刑部はとっくに気づいていたんじゃないかと思う。

死にかけた俺を助けておいて何も言わなかったこともそうだが、能天気なふりをして、刑部というのは相当食えない男だ。

「刑部さん。ひとつ、聞いていいですか」

「何かな」

にっこり笑顔を向ける食えない男に、前置きなく切りこむ。

「なんで俺を助けたんです？」

刑部の笑顔が一瞬固まったが、すぐにへらりと笑って首をかしげた。

「さあ。なんでだったかな」

この調子でこいつは礼も言わせないつもりか、と考え、俺は舌打ちしたくなる。

本音を明かそうともしないくせに、一緒に働きたいが聞いてあきれる。

「ああそうですか。なら勝手にしてください」

付き合いきれるか、と吐き捨てて、俺は踵《きびす》を返した。

このまま帰ればもう二度と刑部と会うこともない気がしたが、それでもいいと思えるほど、この男の腹の読めなさにうんざりしていた。

そんな俺を、刑部は呼び止めもしない。

俺の傍らを、川風とは違う何かが横切ったのはその時だ。

黒い何かが俺の後方へ去ったとたん、全身の毛穴が開くような鳥肌が立つ。

反射的に振り返るのと、刑部の低いうめき声が耳に届いたのはほぼ同時だった。

「刑部さん！」

腹を立てていたのも忘れて飛び出したのは、何か尋常《じんじょう》でないことが起きているとわかったからだ。

さっきまで刑部のいた場所まで戻った俺は、遊歩道の脇を見て声をあげそうになる。

そこには、俺が病院で襲われたような、真っ黒い影がとぐろを巻き、刑部をとりかこんでいた。

どす黒い影は、遊歩道の脇に座りこんだ刑部を締め上げるようにうねり、闇が濃くなるたびに、刑部が苦しげにうめく。

「しっかりしろ、刑部さん！」

俺は近づこうとしたが、息が詰まるような濃い闇に拒《こば》まれて、先に進めない。

「……だめ、だ。楓くん」

かろうじて残った意識を集めたように、刑部の目がうすく開いてこちらを見る。

「来たら……だ、めだ」

「そんなこと言ってる場合か！」

俺は思わず怒鳴り返すと、胸ポケットをさぐり、新しくもらった、護符を織り込んだという眼鏡拭《ふ》きを振り回す。しかし、以前の時のようにはいかず、濃すぎる靄《もや》は重い大気のようにゆらりと動くだけで、一向に刑部から離れようとしなかった。

「くそっ……なんなんだよこれ!!」

苛立《いらだ》つ俺に、刑部は声を絞りだす。

「……普通の、番人……じゃ、ない」

それだけ言うと、力つきたように仰向けに崩れたのを見て、俺は靄を掻き分けるように自分の体をねじ込み、刑部に近づいた。

何とかそばまで来たものの、腸《はらわた》をねじ切られるような苦しさに、こちらの意識まで飛びそうになる。手にした眼鏡拭きはいつの間にか真っ黒に焦《こ》げていて、俺は焦《あせ》った。

「刑部さん、護符!!　あんたも持ってるだろ？　どこにある⁉　貸してくれ！」

倒れている刑部の肩をゆすり、声をはりあげると、どうにか聞こえたのか、「ベストの内ポケット」という単語が途切れがちに返ってくる。

言われた場所に手を突っ込むと、例の眼鏡拭きが何枚もごっそり出てきた。

これだけ持ってて役立たずってどういうことだ、と誰にともなく文句を言いたくなったが、今はそんな状況でもなく、俺は背後を振り返る。

「この……」

病室で見た時よりも格段に強力な靄は、とても殴《なぐ》り飛ばせるようなしろものじゃない。けれども迷っている暇《ひま》もなく、俺は闇そのものみたいな靄に向かって護符をぶちまけると、以前じいさんに言われたように下腹に力をこめた。

「とっとと……消えろ!!!」

そのまま右足を振り上げ、遠心力を使って力のかぎり蹴りを叩き込む。

とたん、爆発みたいに蒼白《あおじろ》い閃光《せんこう》が噴き上がり、俺はそのまま土手の方へと吹っ飛ばされた。

「う……わっ」

頭を下に、斜めに土手の上に転がった俺は、あやうく川まで転げ落ちそうになったが、どうにか途中で踏みとどまり、どっと息をつく。

砂埃《すなぼこり》を払いつつ、土手をよじのぼって遊歩道まで戻ると、あの胸糞《むなくそ》悪くなるような黒い靄は跡形もなく消えていた。ほっとしたのもつかの間、そこにはまだ刑部が倒れていて、俺はあわてて歩み寄る。

「おい刑部さん。生きてるか？　返事しろ！」

死んだようにぐったりしていた刑部だったが、俺が声をかけると眉を寄せ、ぼんやりと目を開けた。

「あれ……僕、死んだのかな。楓くんが旅券くれるの？」

「寝ぼけるな！　旅券なんかねぇよ。大丈夫か？」

俺が聞くと、刑部はうなずいて、のろのろと半身を起こす。それでも、だいぶ消耗しているのか、それ以上動くことはできないようだった。

「喋《しゃべ》れるか？　なんなら救急車呼ぶぞ」

「いや、いいよ。少し休めば。……さすがに、すぐには立てないけど」

だめかと思った、と片膝《かたひざ》に腕をのせ、惨敗したボクサーみたいに刑部は顔を伏せる。

「でも、なんで番人が消えたんだろう。楓くんが蹴ったみたいに見えたけど、僕の気のせいかな……」

「いや、気のせいじゃなくて実際に蹴った」

俺が答えると、刑部は固まる。

「は？」

「だから、蹴ったんだよ。眼鏡拭きばらまいて、こう……」

手の動きで説明しようとすると、刑部がぼそりと問う。

「回し蹴り？」

「そう。そんな感じ」

俺がうなずくと、刑部はあっけにとられたようにしばらくぽかんとしていたが、いきなりブッと噴き出して、笑い声をあげた。

「あははははは！　死霊《しりょう》に回し蹴りって、なんだそれ！　そんなむちゃくちゃなことする人、実際にいるんだね！　素人《しろうと》さんって怖いな！」

「笑うとこじゃねぇよ！　だいたい、最初の日もあれで殴ったら効いたぞ！　あの護符、そうやって使うんじゃないのか？」

過剰《かじょう》な反応にむかつきつつ俺が答えると、「殴るの⁉　眼鏡拭きで？」とさらに爆笑する。

「笑いすぎだ。だいたい、あれは一体何なんだよ。俺が見たのより格段に凶悪だったぞ。護符だって持ってたのに、なんであんなのに襲われたんだ？」

意外に元気そうな刑部に内心ほっとしつつ、俺が聞くと、刑部は涙を拭き拭き、あっさり答える。

「あれは、死神の受けるペナルティだからね。普通のより強力なんだ」

「ペナルティって……」

「例の、規約違反の懲罰《ちょうばつ》。あと減俸もだけど」

笑いすぎて隠すのがばからしくなったのか、やけになったように刑部は打ち明ける。

「懲罰って、あれが襲ってくるのか⁉　あんなの、一回来ただけで死ぬだろ！　まさかあれが続くんじゃないだろうな？」

さっきの靄の中で感じた苦痛を思い出して、俺は蒼白《そうはく》になった。

「そうだよ。あれが数日おきに、二カ月間」

「それじゃ死ねって言ってるようなもんじゃないか！」

激昂《げっこう》した俺に、刑部は落ち着いた声で言った。

「まあね。それだけ重大な違反だし。……ただ、いちおうあの番人を寄せつけない方法っていうのもあってさ。支給される忌避薬《きひ》を飲めば、ある程度、番人からの被害を和《やわ》らげたり、防いだりはできるんだ」

「だったらそれを飲めばいいだろ。ひょっとして、昨日の昼休みに比嘉《ひが》さんが言ってたあれのことか⁉」

比嘉さんは水まで買ってきて、しきりと刑部に薬を飲ませようとしていた。あれが忌避薬のことだとすると、飲まずにいるのは自分から死ぬようなものじゃないのか。

「うん。でも、あの薬は僕の体質に合わなかったらしくてね。最初の日に飲んだら、頭痛や吐き気はするし幻覚は見るしで、かえってひどい目に遭《あ》ったんだ。だから、飲まずに何とかやりすごそうと思ったんだけど、甘かったね」

しみじみと刑部は息をつく。

「あんなのが二カ月も続いたら、さすがに正気をたもてる自信、ないかもなぁ」

「なにのんきな顔で言ってるんだ。規約ってのを破ったら、あれが出てくるって知らなかったのか⁉」

「知ってたよ」

刑部の、あまりに達観した態度にあきれたが、そんな答えを聞いて、俺はますます混乱する。

「知ってたなら、なんで俺なんか助けたんだ！　そこまでする理由なんて、これっぽっちもあんたにないだろう!!」

なぜ自分が怒っているのかもわからず、俺は声をあげる。そんな俺を見て、刑部は困ったように笑った。

「なんでって言われても、自分でもよくわからないよ」

「わからないって……」

「だって、僕も人間だからさ」

ぽつりと口にされた言葉に、俺は何も言えなくなる。

刑部は遊歩道の脇に腰を下ろしたままうつむくと、淡々とした声で言った。

「僕が楓くんくらいの歳の頃ってさ、ほんとにひどくって。手がつけられなかったんだ。悪いこともいろいろやったし、あぶない人の恋人にも手を出しちゃって、仲間みたいな人たちに寄ってたかってボコられて、結局そのまま現世とサヨナラ」

他人事《ひとごと》のような薄い笑顔で、刑部は凄絶《せいぜつ》な過去を語る。

「……そのまま、自業自得《じごうじとく》で終わるはずだったのに、なぜか助かっちゃったんだよね」

「途中でキャンセルになったのか」

隣に腰を下ろして俺が呟くと、そういうこと、と刑部はうなずく。

「僕を助けたのも、やっぱり死神でさ。その人の縁で僕もこの仕事するようになったんだけど……時々、なんだかたまんなくてね。楓くんが流されるの見た時、ついにやりきれなくなっちゃったんだ」

そう言うと、彼は夜の闇に沈む川面に視線を向けた。

「ランドセルひとつのために、川に入って流されて。それで死んじゃうなんて、馬鹿丸出しというか、おっちょこちょいというか、お人よしというか……」

「刑部さん、喧嘩売ってる？」

「その、馬鹿でおっちょこちょいでお人よしで、だけど人間としては底抜けに真っ当な、いい奴が死んで、僕みたいにどうしようもなかった人間がのうのうと生き残るのかって思ったら、あまりの理不尽《りふじん》さに腹が立ってね。気づいたら川に飛び込んで助けてた。……でも、引き上げて手を尽くしても、一度は手遅れになって、僕もあきらめたけどね」

だから大した理由なんかじゃないんだよ、と言って、刑部は目を細める。

そんな横顔をいちべつし、俺は刑部と同じものを見ようと、川面に視線を向けた。

蟬時雨《せみしぐれ》の降るあの場所で、刑部と会った時のことを、俺は改めて思い出す。

遅れてあの場所に現れた刑部は、俺を見て泣いていた。

あの時、刑部は、どんな思いで俺を迎えに来たのだろう。

「理由なんかなくても、あんたが助けてくれなかったら、俺はここにいなかったよ」

それはまぎれもない事実だ。

「ありがとう」

俺が心からの礼を言うと、刑部はしばらく沈黙して、おかしそうに笑った。

「死神になっても、お礼を言われるのって、やっぱりいいね」

「なら転職しろよ。あんたなら、年中お礼を言われるような仕事だってできるだろ」

「まあね。でも、いろいろやり残したこともあるし、時々なら、いいことだってなくもないし、まだやめられないかな」

「いいことって？」

「たとえば、命を助けた人にお礼を言われる、とかさ」

煙《けむ》に巻くような答えに俺が鼻白んでいると、刑部は再び声をたてて笑う。死にかけたのに、やけに楽しそうだった。

そんな時、遊歩道の先で、誰かが話しているような声と足音が耳に届く。

「こっちの方です！　すごい声と音がしたの」

「争うような男の声がしたから、喧嘩かも」

なんていう言葉を耳にして、俺は一気に現実に戻った。

「ここにいるとまずい。少し移動しよう。立てるか、刑部さん」

「なんとかね」

刑部はうなずいて立ちあがる。しかし、数歩歩いただけでよろけるのを見た俺は、舌打ちしつつ刑部に肩を貸した。

「ほんとに世話が焼けるな、あんたは」

「なんなら捨ててってくれてもいいよ。僕なら捕まってもなんとかなるし」

疲れたように言うのを聞いて、俺は顔をしかめる。

「俺はそこまで恩知らずじゃねぇよ。だいたい、これも、元はと言えば俺のせいだろ」

「……人がいいな。楓くんは」

さっきから軽口を叩いちゃいるが、実際のところ、体のほうは相当きついんだろう。肩にのしかかる重みで、刑部の体がいつ倒れてもおかしくない状態なのは俺にもわかった。

刑部を支え、街灯と欠けた月のわずかな明かりで照らされた道を歩きながら、俺はあきらめにも似た心境で決意する。

「刑部さん」

呼びかけた俺に、ぼんやりしていた彼は「なんだい」と眠そうに答える。

「あんたの懲罰が明けるまで、俺が仕事、手伝うよ」

続けて言うと、寝ているのかと思うほど、長い沈黙があった。

いぶかって隣を見ると、刑部が目をまんまるに見開いて、ぽかんとこちらを見ている。

「なんだ、そのアホ面《づら》」

「いや。幻聴かと思って。え？　あれ？　いいの⁉　僕の聞き間違いじゃないよね⁉　楓くん、あんなに嫌がってたのに！」

放心から立ち直った刑部は、とたんに妙なテンションで騒ぎはじめる。

「やるって言っても、懲罰が明けるまでだから。あんなバケモノみたいなの出てきたら、あんた今度こそ死ぬだろ。回し蹴りでも飛び蹴りでもかかと落としでも、とりあえず効きそうなの見つくろって俺が何とかしてやるよ。あんたにはあれが見えないみたいだし」

これは人助けと恩返しであって、断じて死神という職業を選ぶためではない。

といったことを厳粛《げんしゅく》な感じで明言しておこうと思ったが、すっかりテンションの上がった刑部は、これっぽっちも聞いちゃいない顔ではしゃぎまわる。

「ほんと⁉　助かるよ！　ありがとう楓くん！　恩に着る！　いやぁ、よかったよかった！　命懸《が》けた甲斐があったなぁ！」

「やっすい命だな、それ」

俺をほんの二カ月かそこら引きずり込むために命を張るなんて馬鹿げてると言いたかったが、うれしそうな顔を見ているうちに、まあどうでもいいかと思い直した。

「あ、じゃあさ、せっかくだからスーツ新調しようよ。僕の行きつけの仕立て屋さんがあるんだ。紹介するから一生もののいいのを一着作ろうよ！」

「いや、一生とか死神やるつもりないんで」

「楓くん、スーツは男の必需品だよ？　作っといた方がいいって！」

紳士服のすばらしさを懇々《こんこん》と語る刑部をよそに、俺は空《あ》いた手で耳を塞《ふさ》ぎつつ、夜の道を歩いた。

奇《く》しくもその日、俺は長かった就職活動に、ひとまず終止符を打ったのだった。


二日後、新品のスーツを着た俺は上野公園にいた。

「なんの因果《いんが》でこうなったんだか……」

顔だけの上野大仏の前で一人呟いていると、颯爽《さっそう》とした足取りで刑部が現れる。

「おはよう楓くん！　初出勤、初仕事には絶好の天気だね！」

朝っぱらから無駄に元気な刑部は、ソフト帽を手に大げさな身振りで空を仰いだ。

「曇ってますが」

「曇りって最高だよねぇ。死神にぴったりのお天気だと思わない？」

「まあ確かに」

しぶしぶながら俺はうなずく。

「そのスーツ、けっこうさまになってるよ。まあ、オーダーメイドにはかなわないけど」

「俺はこれで充分です」

今日のこの日、俺はとうとう死神旅券発行事務所に入ることになっていた。

いちおう二カ月は試用期間ということらしいが、死神として働くことに変わりはない。よりによってはじめての就職先が死神って何の冗談だ人生捨ててるのかと我ながら思うが、こうなったのも半分はなりゆきで、あとの半分は人としての義理を果たすためだから仕方ない。

どう考えても他人に言えない仕事だが、命の恩人でもある刑部に死なれたのでは、いくらなんでも寝ざめが悪すぎる。

「たしか、試用期間は見習いの扱いなんですよね。その間に適性がないことがわかったら、契約は解除になるんでしょう？」

「見習いって言っても、名目だけだからね。本部からはちゃんと正規の仕事が回ってくるし、よほどのことがない限り正規採用になるから心配いらないよ」

そんな心配はしていなかった。むしろ試用期間に適性がないことが証明されれば、大手を振って死神と縁が切れるわけで、俺としてはありがたい。要は、刑部がまた、例の強力な番人に襲われた時、近くにいて防いでやれればそれでいいのだ。

それにしても、最初の仕事が得体《えたい》の知れない死神のボディガードとは、何の因果《いんが》でこうなったものか。俺は感慨《かんがい》を込めて、しみじみ目の前の大仏を見る。

「この大仏も、なんでこうなったんですかね」

大仏の顔がデスマスクみたいに石碑にかかる様子は、なぜか目が離せない迫力があった。

「この大仏さんはさ、むかしはもっと大きくて、ちゃんと胴や脚もあったんだ」

刑部は帽子を脱いで胸に構え、顔だけの大仏に向き直る。

「今から四百年近く前に建てられて以来、地震で倒壊したり火災で仏殿が焼けたりして、そのたびに再建されてきたんだけど、明治時代に仏殿が撤去《てっきょ》されて野ざらしになってね。ついには関東大震災で頭部が落ちちゃったんだって」

刑部は言って、少し悲しそうに大仏の顔を見つめた。

「残った胴体と脚の部分は寛永寺《かんえいじ》が保管してたんだけど、太平洋戦争の金属供出令で国に供出されて、今は海のどこかに沈んでるって話だよ」

すさまじい受難の歴史に、何気なく聞いた俺は息をのむ。

「でも、それじゃあんまりだっていうんで、昭和四十七年に、かろうじて残ってた顔の部分がこうしてレリーフになって、設置されることになったってわけ」

それで顔だけだったのかと改めて見入っていると、少しおかしそうに刑部が言った。

「で、この話にはまだ続きがあってさ。この顔だけの大仏さん、受験生に大人気なんだ」

「そういえば……」

と、俺はレリーフのそばにある立て札を眺めた。そこには「合格大佛《だいぶつ》」と書かれていて、傍らには合格祈願の絵馬がびっしり懸けられている。

「震災で顔が落ちて、それでも失われずにこうして生きのびたわけだからね。『これ以上は落ちない』ってことで、縁起《えんぎ》をかつぐ人が増えたみたいだ」

たくましいよね、と刑部は笑みをこぼした。

「僕はこの大仏が大好きでね。しぶとくてたくましくて、たどってきた歴史も含めて、人間そのものって感じがするだろ？　こんなになった大仏さんから、ちゃっかり合格祈願のご利益までもぎ取ろうとしてる人がいるところなんかもさ」

「だから、いつも上野大仏の前で待ち合わせなんですか」

納得した俺に、刑部は「そういうこと」とほほえんで、大仏に一礼する。

それを見た俺もなんとなく手を合わせることにした。

「そうそう！　晴樹くんから預かったランドセルの件だけど、なんとかなりそうだよ」

お参りを終えると、刑部はいきおいよく帽子を俺に突き出す。

「なんとかって、修理できるんですか？」

「う－ん、修理っていうよりアレンジかな。お母さんの梨南さんが絵を描いた底板だけを外して、汚れを取ったあとで、新品のランドセルの底にはめ直すことになったんだ。目隠しの底板も新しくしてさ」

これで晴樹くんは、新しいランドセルを持ち歩いても、好きな時にあのメッセージを見ることができるようになる。

「そうですか。よかった」

俺はほっとして少し笑った。

何を手放したとしても大事な記憶はなくならない、なんてことを晴樹くんに言ったものの、思い出の品を捨てさせるのは、やっぱり忍びない。

「梨南さんにとっては少し酷だったかもしれないけど、生きてる人間はなりふり構わないものだからね。旅立って行った人の記憶が薄れるのは、自然の摂理《せつり》だと思うよ」

帽子を被りなおしてそんなことを言った刑部に、俺はぽつりと呟いた。

「去る者は日《ひび》に以《もっ》て疎《うと》し、ですか」

死んだ者は時間がたつにつれて忘れ去られる、という意味の漢詩だったか。

「その言葉の続きは知ってる？」

「ええと……来《きた》る者は日《ひび》に以《もっ》て親しむ、かな」

記憶をたどって答えた俺に、刑部は満足げにほほえむと、招くように手をさしのべた。

「やってきた人とは日に日に親しみが増す。まさに、僕と楓くんの今の状況にぴったりの言葉だね！」

臆面《おくめん》もなく口にされ、俺は言葉に詰まる。

ひとつだけ本音を言うなら、俺が死神の仕事を引き受けたのは、なりゆきや恩返しだけが理由じゃなかった。

目の前にいる刑部という男に、少しだけ興味がわいたからだ。

彼が言ってくれたように、俺も刑部と仕事がしてみたくなったのかもしれない。

そんな理由で大事な仕事を決めてもいいのかよと、自分に突っ込んだりもするけれど、
長い人生、一度くらいそういうことがあってもいいんじゃないかと、やけくそ気味に思う。

これが正解だったかどうかは、十年後くらいにわかればいい。

「刑部さん」

「なんだい？」

「そういうセリフ、言ってて恥ずかしくならない？」

「ぜんぜん！」

一瞬の躊躇《ちゅうちょ》もなく即答されて、俺は苦笑する。

「ようこそ楓くん。死神旅券発行事務所上野支部へ」

優雅な仕草で迎える刑部とともに、俺は新しい仕事場へ歩き出した。

落ちても割れても砕けても、顔だけになってしぶとくこの世に留《とど》まった大仏が、黙って見送ってくれていた。

So, you go on a journey to the Other World ?

第二話　心のこりは何ですか

死神の朝は早い。

時に、深夜と呼びたいような時間帯に「出勤」し、お客を迎えに行くこともある。

白い靄《もや》のただよう朝まだき、ひと気のない公園に、俺はいた。

空は雲が流れてゆくのがほのかに見える明るさで、夜明けにはまだ早い。

俺の隣に立っている刑部《おさかべ》が、メタルフレームの眼鏡を外し、何かに気づいたように木立の向こうを見つめる。

ソフト帽と三つ揃いのダークスーツはこんな時間でも一分《いちぶ》の隙《すき》もなく、水銀灯の明かりの下で見るその姿は、死神にふさわしい異質さだ。

「そろそろだね」

木立の向こうにそびえる建物を見て、刑部は言った。

俺たちの視線の先にあるのは、この辺りでいちばん大きな病院だ。

もうすぐ、あの病院から俺たちのお客が旅立つ。

人が死ぬのは、深夜から朝にかけてが多いという。

その時間に発作が起きやすいからだとか、血圧が変化しやすいからだとか、精神的にも不安定になりやすいとか、理由はいろいろあるが、潮の満ち引きも関係しているらしい。

「満ち引きって、干潮とか満潮とかいうあれですか？」

「そう。人が生まれるのは満潮、人が死ぬのは干潮って言い伝えが昔からあるんだよ」

俗説みたいなものだけどね、とつけ加えて、刑部は眼鏡を上着の胸ポケットにしまう。

「楓《かえで》くんは知死期《ちしご》って言葉、聞いたことない？」

「ちしご？」

「うん。臨終とか死期って意味なんだけど」

知らないと俺が首を振ると、とても古い言葉なのだと刑部は教えてくれた。

「もともとは陰陽道で使われてた言葉でね。月の出や月の入り、潮の満ち引きから、人が死ぬ時間を予知するためのものなんだ。日付や時間もちゃんと決まっててさ」

「死期を予知なんて、そんなことが本当にできるんですか」

「さあ。僕にもよくわからないけど、まったくでたらめってわけでもないんじゃないかな。医療関係者の中にも、気にする人はいるっていうし。それにほら」

刑部は視線で俺をうながす。示された方向に目をやると、狼煙《のろし》みたいな白い光が、病院の窓からひとすじ立ちのぼるのが俺にも見えた。

あそこから今まさに、俺たちのお客が旅立ったのだ。

「29日の午前4時。通知にあった時間どおりだね」

刑部はおごそかに言って、愛用のソフト帽をそっと胸にあて、一礼する。

無言で俺がそれに倣《なら》うと、刑部がさわやかな顔で振り返った。

「じゃあ、僕たちもお客さんのところに行こうか。楓くん」

そう言って、彼は右手を差し出す。仕事のたびにいちいち男の手を握らなけりゃならないのははなはだ不満だが、新米だから文句は言えない。俺は仏頂面《ぶっちょうづら》で、その手を取った。

とたん、薄暗かった視界にノイズがかかり、ぶあつい刷毛《はけ》で塗り替えるみたいに目の前の光景が一変する。

いちめん真っ青なのは空の色か、それとも海か。

鴎《かもめ》がしきりと高い鳴き声を響かせる海岸に、いつの間にか俺は立っていた。

死者の魂を追いかけて、現世を離れる時の感覚だけは、いまだに慣れない。


死神旅券発行事務所上野《うえの》支部。

大学を卒業した俺、琴寄楓《ことよりかえで》がはじめて就職したのが、この職場だ。

ありがたいことに採用は社員待遇で、現在は研修を兼ねた試用期間の身。

見習いとか新米とかいう言葉の脇に「死神」なんていうふざけた単語が入るのでなければ、就職浪人中だった俺はこの採用を涙を流して喜んだだろう。

奇妙な縁といきさつで、俺はしばらくの間、死神の仕事につくことになった。

死神の仕事とは、この世を去ってゆく死者に旅券を渡し、旅立ちを見送ること。

そして、入社十日目の新人、死神見習いである俺はというと、

「もうバテたのか若造め！　悔しかったら捕まえてみろィ！」

燦燦《さんさん》と照りつける太陽の下、高笑いしながら疾走する老人を全力で追いかけていた。

「くそっ……。反則だろ、あの速さ……」

ぜいぜい息を吐きながら、俺はがくがくする両膝《ひざ》を手で押さえる。

乾いた地面にいくつも汗の玉が落ち、濡れたワイシャツが背中に貼りついた。ネクタイはとっくに引きむしってポケットの中だ。

空はごきげんなまでの快晴で、しきりと鷗がさわぐ。

海辺のリゾートというより、一昔前の漁師町といった風情《ふぜい》の集落に俺は来ていた。

死者の魂が飛ばされるという、この世ならざる場所、出立界《しゅったつかい》。その一角にある町だ。

俺がしばらく呼吸を整えていると、海岸沿いの道に建つ駄菓子屋のベンチから、刑部がのんびり声をかけてくる。

「楓くん、これでもう三周目だよ。まだ捕まらないの？」

上着を脱ぎ、ベストにワイシャツ姿で長い足を組んだ姿は、腹が立つほど優雅だ。さら

に言えば、その手にあるのはかき氷のガラスの器とスプーンで、仕事中に何をやっているのかとしばき倒したくなる。

「そんなこと言ったって、とんでもない速さですよ、あの人。死にたてほやほやなのに、なんであんなに元気なんですか」

海辺の集落はさして大きくもなかったが、ぐるりと一周すれば優に三キロ以上はある。そんなコースをあの爺さんは五輪選手もかくやという速さで軽々と疾走しているのだ。

「死にたてほやほやだから元気なんだよ。長患《ながわずら》いで病床《びょうしょう》から離れられなかった人や、重病で苦しんだ人ほど、こっちに来ると元気になるね。現世の肉体を捨てて出立界に来ると、病気や負傷なんかは全部リセットされるから、体を動かすのが楽しいんじゃないかな」

しゃくしゃくと冷たそうなかき氷（いちご味）の山を崩しながら、刑部は解説する。

涼しげなその音に喉《のど》が鳴るのを自覚しつつ、俺は滴《したた》り落ちる汗をぬぐった。

「少しは協力しようとか思わないんですか、刑部さんは」

「だって、勝負を挑まれたのは楓くんだからね。『町を五周する間に俺を捕まえたら素直に旅券を受け取ってやる！』って、信蔵《しんぞう》さん言ってたし」

残念だけど僕は見学に徹するよ、と刑部は殊勝《しゅしょう》な口ぶりでかき氷を口にはこぶ。

これっぽっちも残念そうじゃない態度に歯噛みしつつ、俺は再び走りだした。

海岸沿いの道から山の手側に向かう坂に差しかかると、しびれを切らしたように藤原《ふじわら》信蔵さん（享年《きょうねん》九十二）が待ちかまえていた。

ごま塩頭に鳥ガラみたいに細い体。身につけているのは昔風の白い体操着で、胸元にはゼッケンのかわりに「信蔵」という名前が書かれている。すごいセンスだ。出立界では本人の好みによって服装が変わるから、おそらくはこれが趣味なのだろう。

「何をやっとるか！　まだ勝負の途中だぞ」

「信蔵さん、速すぎですよ。そろそろ勘弁してください」

指を突きつけてくる信蔵さんに、息切れしながら俺は答えた。死神がお客を姓ではなく下の名前で呼ぶのは、死という体験があくまで個人的なものだからだ。子供も年長者も、分け隔《へだ》てなく名前呼びにするのは最初は抵抗があったが、この十日でだいぶ慣れた。

「何を言っとるか！　いい若いモンがそんな根性なしでどうする！」

坂の上で仁王立ちになり、信蔵さんが活《かつ》を入れてくるが、こっちは現世に生身の肉体を残してきている身だ。いくら体力に自信があるといっても、現世で走るのとはわけがちがう。歩き回るぶんにはさほどでもないが、走るとたんに、水中歩行でもしているような負荷がかかるからだ。

「なら、少しハンデもらえませんか」

情けないのを承知でそんなことを言ってみるが、むろん信蔵さんには通用しなかった。

「生ぬるいことをぬかすな！　ハンデなんぞなくても気合で俺に勝ってみせろ！」

あと五周！　と叫ぶなり、信蔵さんは坂の向こうに駆けだしてしまう。

何気に増えている周回数に絶望しつつ、俺は心臓やぶりの坂道に挑んだ。


「で、追いかけっこの結果がこれ？」

その日の午後、事務所の机につっぷす俺を見て、あきれたように静真《しずま》さんが言った。

「ええ、すっかり信蔵さんに気に入られちゃったみたいで」

隣の席に腰かけた刑部が、机に肘《ひじ》をついて他人事《ひとごと》みたいに答える。

俺はというと、かろうじて事務所に帰りつくまでもたせていた気力の糸がぷっつり切れて、今は指一本動かす力もなくなっていた。いっそ気絶したいが、なぜか意識だけは残っているのが逆にしんどい。

「生身の人間が出立界で活動するには訓練が必要って知ってるでしょ？　新人の子にいきなりマラソンなんかさせてどうするのよ」

「僕もてっきり途中で楓くんがバテて音《ね》を上げちゃうかと思ったんですが、意外に元気だったんで、あたたかく見守っているうちに、こんなことに」

「あたたかく見守ってるうちに潰《つぶ》れてるじゃないの！」

「……かき氷……三杯、食べて……ました」

俺は搾《しぼ》りかすみたいな生命力をかき集めて、隣に座る死神を指さした。

「どういうこと？　刑部くん！」

「え？　楓くん、今それ言う⁉　大事な先輩売るってひどいな！」

俺の告発に静真さんがきりりと目をつりあげ、詰め寄られた刑部が蒼《あお》ざめる。

こっちが干からびて文字通り昇天寸前になっている傍《かたわ》らで、優雅に甘露《かんろ》を味わっていた奴を大事な先輩とは呼ばない。ただの疫病神だ。

最初はいちごシロップ、次に白玉あずき、最後にアイスクリームのせレモンシロップ。

極限状況で味わった苦痛を忘れるものか。食いものの恨みを思い知れ。

ささやかな復讐の余韻《よいん》に浸《ひた》る間もなく、俺は力尽きた。

出立界から戻った時、現世の時刻はもう昼過ぎになっていた。

俺は、信蔵さんが入院していた病院そばの公園のベンチに座りこんでいて、隣では刑部が涼しい顔で新聞を広げていた。

ある程度、訓練を積んだ死神の場合、意識を出立界に飛ばした状態でも、現世に残した身体を動かしたり人と会話することもできるらしいが、俺の場合はまだそうはいかない。現世から意識を飛ばせば、身体のほうは無防備になるため、死神としての経験を積んだ刑部にサポートしてもらわなくては、長時間、出立界で行動するのは不可能なのだ。

現世から死者の魂を追って出立界に「迎えに行く」時と、見送りを終えて現世に「戻る」時。飛行機で言えば離陸と着陸にあたる、この二つのポイントをしくじれば、意識が身体から抜け出たままになったり、現世と出立界のはざまに取り残されて戻れなくなることもあると聞いて、さすがに俺も怖くなった。

だからサポートしてくれる刑部の存在は確かにありがたいのだが、死神の仕事や出立界で行動する時のノウハウは実地で覚えろというスタンスなので、今はついていくのがやっとという状況だ。おかげで、死者という名のお客さんを怒らせてあやうく一緒にあの世に連れていかれかけたこともある。おまけに今回ばかりは精根尽き果て、俺の方が信蔵さんより先に旅立ちそうになった。

「…………それで、藤原信蔵さんは無事に旅立ったの？」

しばらくの間、俺は意識を飛ばしていたようだ。

静真さんが刑部に尋《たず》ねる声がぼやけた聴覚に届いてきた。

「それはもう大満足で。さんざん走り回って、最後には楓くんが追いつくのを待っててくれましたから。勝負の結果っていうより信蔵さんの気がすんだんでしょう」

「何にせよ、お客さんが満足してくれたなら何よりだわ。琴寄くんには精のつくものでも食べさせてあげるのね。あなた、プライベートでもさんざんお世話になってるんだから、それくらいしても罰は当たらないわよ？」

「僕としては、それを言われると弱いなぁ」

刑部はいつものように頭の後ろで手を組んでいるのか、椅子の背もたれがきしむ。

「でもまあ、前途ある若者を一時的とはいえ死神業界に引きずりこんじゃったわけですからね。僕も覚悟を決めないと、とは思ってますよ」

普段は能天気なくせに、その時だけはやけにまじめな声に聞こえたから、俺は起きあがるきっかけをなくし、そのまま寝たふりを続けた。


目覚ましの音に、思わず不満の声がもれる。

たっぷり眠ったはずなのに、やたら身体が重いのは、昨日のマラソンが尾を引いているせいか。それとももうひとつの原因の方だろうか。

フローリングの床に敷いた布団から這い出し、中学時代から使っている強力目覚まし時計のアラームを止めると、寝室のドアが開いて刑部が顔をのぞかせた。

「おはよう、楓くん。朝ごはんできてるよ」

刑部はとっくに着替えをすませ、愛用のエプロン姿でおたまなんぞ手にしている。

ベタすぎる登場だが、寝起きでは突っ込む気にもなれず、「どうも」と俺は低く答え、起きあがった。隣を見ると、刑部のベッドは既《すで》にきっちりメイキングされている。

同じ部屋に寝起きして十日以上たつくせに、刑部が起きるのはいつも目覚ましが鳴るより先で、一体いつ起きているのか、いまだに俺にはわからない。

この状況には、とても深いわけがある。

説明する必要があるだろう。というか説明させてほしい、頼むから。

さかのぼること半月前、実家近くの川で溺《おぼ》れた俺は、死にかけたところを刑部に助けられた。死神であるはずの刑部が何の気まぐれで俺を助けたのか、いまだに謎な部分はあるが、俺を助けたことで弊害《へいがい》が生まれた。

死霊。

あるいは死神たちの間では「番人」と呼ばれる存在が、死ぬはずだった俺の前に現れたのだ。番人に襲われ続けると、自己嫌悪や自己否定の感覚に苛《さいな》まれ、自《みずか》ら死を選ぶようになってしまうらしい。

出立界の食べ物を口にすることで、俺はひとまず番人の襲撃から逃れたが、死神である刑部は俺を助けたペナルティとして、より強力な番人に襲われることになった。

刑部には見えない番人の姿を、俺は見ることができたし、まぐれ当たりで撃退もできたから、死神の仕事を手伝う傍ら刑部のボディガードを引き受けることにしたのだ。

俺が死神旅券発行事務所に入ったのはそんな経緯《けいい》だが、もうひとつ問題があった。

番人という名の死霊が現れるのはおもに夜。対象が一人になる時間や、眠っている間に襲われることが多いという。

死神の仕事を手伝うだけなら、都内にアパートでも借りて通えばすむ話だが、いつ現れるとも知れない番人からの警護となると、四六時中、刑部の近くにいる必要がある。

「なら楓くんうちに来なよ。僕の家、部屋あまってるからさ」

という刑部のひと声で、俺は刑部の家に転がりこむはめになった。何が悲しくて半月前に会ったばかりの男と同居するはめになっているのか、自分の人生ながら不可解すぎて、我に返ったとたんに頭をかかえて絶叫したくなるような展開だ。なりゆきとかなし崩しとか泥沼とかいう言葉を、人生でこれほど噛みしめたことはない。

上野からひと駅。入谷《いりや》の鬼子母神《きしもじん》そばにある２ＬＤＫのマンションに俺が居候《いそうろう》しているのは、ざっくり言えばそういう理由だ。

これは人助けであり生命という尊い財産を救われた恩返し、すなわち善なる行為である。

脳裏に「腐れ縁」という単語がちらつくたび、そんな題目を唱えて振り払う日々。

それが俺の新たな日常だった。

「どうしたの楓くん。毎朝ぶつぶつ言ってるけど。お祈り？」

エプロンをはずした刑部は、椅子に座りながら不思議そうに聞いた。

テーブルに並べられた朝食に手を合わせて瞑目《めいもく》し、いつもの文句を口の中で繰り返していた俺は、ええまあ、と答えて目を開ける。

「儀式みたいなもんです。それより刑部さん、聞いてもいいですか」

「いいよ。なんだい？」

トマト入りのサラダにトースト、ハムエッグと熱い珈琲《コーヒー》、新鮮なオレンジジュース。

朝食としては上等なものだろうが、疑問がひとつ。

「さっき、なんでおたま持ってたんすか」

食卓の料理に汁物はない。

「気分かな？」

にっこり笑顔で刑部はオレンジジュースを口にした。こういう男なのである。

十五階のリビングからは、青空を背景にスカイツリーがそびえているのが見える。

いい部屋だ。

死神という職種の平均収入がどんなものなのかは不明だが、少なくとも刑部はかなりの高給取りに思えた。試用期間中の俺の月収でさえ、国家公務員の初任給を上回っているのだから、当然と言えば当然か。

死神の給料が、めぐりめぐってどこから出ているのか、新人の俺にはまだ把握しきれていない。外部委託という事業形態が収入源の特定を曖昧《あいまい》にしている部分もあるのだろう。

Aという宗教団体に書類上入信したことになっている人物が、信仰を深めることもないまま死亡した場合、Aという宗教に基《もと》づいた正式な「お迎え」ができないため、死者の魂を適切にあの世に送るべく、死神に終末業務が委託される。

たとえるなら、そんなかたちで死神旅券発行事務所の仕事は成り立っている。

発注元の団体はさまざまで、末端である死神には知らされないことがほとんどだ。

宗派を問わず神社仏閣にお参りし、クリスマスやハロウィンも無邪気に祝う。

そんな人間にとって信仰がどこにあるのか答えることは困難で、死者を「お迎え」する側もさぞ迷うにちがいない。そう考えると、死神というのは便利な存在ではある。

「実に日本らしいビジネスよね」

などと、事務所に入った日に所長代理の静真さんが口にしていたが、まったく同感だ。

「あ、今日のハムエッグ、楓くんが言ってたみたいに蒸し焼きにしてみたんだ。どうかな」

俺がトーストをかじりながらぼんやりと死神のあれこれに思いをはせていると、刑部が嬉々《きき》としてそんなことを言ってきた。

そういえば、皿に載《の》っているハムエッグの卵は黄身が丸見えのサニーサイドアップでも、両面焼きのターンオーバーでもない。うっすらと白身が黄身の上を膜のように覆《おお》っている、俺の見なれた焼き方だった。

ナイフを入れると黄身の部分はほんのり半熟で、焼き加減もみごとなものだ。

「うまいですね」

ひと口食べて俺が感心すると、刑部はうれしそうに笑う。

「いつもそのまま焼いちゃってるから、言われるまで気づかなかったよ。確かに喫茶店とかで出てくるのとなんかちがうなって思ってたんだ」

何日か前の朝食の時、目玉焼きを食べて、いつも蒸し焼きだから普通のは新鮮だと言ったことを思い出す。文句をつけたわけではないのだが、刑部はおぼえていたのだろう。

食事は外食がほとんどという刑部は、普段料理はあまりしない。ただ、遅番の日だけは簡単ではあるが、こうしてちゃんと朝食を作る。そういう意味ではわりとマメだ。

「朝飯、交代でいいなら俺も作りましょうか」

俺の料理の腕はせいぜいカレーが煮込める程度で、大したものは作れない。パンと卵を焼くくらいしかできないが、いちおう居候《いそうろう》の礼儀として申し出ると、刑部は言った。

「べつにいいよ、僕が食べたいから作ってるだけだし。一人分も二人分も大して変わらないから。まあ、お好みに応《こた》えるほどのレパートリーはないけどね」

貧弱な食生活を送ってきた俺にとって、朝食があるだけ上等というものだ。なんの文句があるはずもない。お言葉に甘えますと俺が答えると、刑部はふっと目を伏せる。

「それに、楓くんには夜もお世話になってるから、このくらいしないと申し訳なくてさ」

微妙に誤解を招きそうな言い回しはやめてもらいたいと思いつつ、俺は尋ねた。

「すいません、ゆうべは気づくのが遅れて。大丈夫でしたか」

「うん。死ぬかと思ったけど、楓くんのおかげで楽になったよ、ありがとう」

昨日のマラソンで疲労困憊《こんぱい》していた俺は、深夜、刑部が番人に襲われているのに気づかず、あやうく手遅れになるところだったのだ。いつもは全身に寒気が走る感覚と、刑部のうめき声で目を覚ますのだが、死霊の気配も感じとれないほど熟睡していたらしい。

眼鏡拭《ふ》きという名の護符をばらまいて、寝ぼけ眼《まなこ》で何発か蹴りを叩き込んだら真っ黒い靄は吹き飛んだが、あのまま気づかなかったらと思うとぞっとする。

「いざって時に合図になるような方法が、何かあるといいんですがね」

番人が現れるのはほとんどが深夜だ。刑部自身も眠っていることが多いから、声をあげて助けを呼ぶというのも難しい。同じ部屋にいても、一晩中起きて見張っているのでもない限り、すぐに気づくというのは無理な相談だった。

刑部に課せられたペナルティは二カ月間。あと一月半こんな状態が続くとしたら、対策を考える必要がありそうだ。

「そういえば、もし刑部さんが死神の仕事をやめた場合、番人はどうなるんです？」

以前も思ったことだが、俺はふと素朴な疑問を口にした。

「消えないよ。僕が死神じゃなくなっても、番人は変わらず襲ってくる。そういう仕組みになってるんだ」

「仕組みって、死神の雇用契約とか、規則とはちがうものなんですか」

俺の問いに、刑部はハムエッグを食べる手を止めて、うーん、と考えこむ。

「どう説明したらいいのかな。……番人が出てくる仕組みとかって、たとえて言うなら、重力の法則や光の屈折みたいな自然現象に近いものでさ。人間の都合で簡単に変えたり、ねじ曲げたりできないものなんだ。僕が受けてるペナルティはそういう性質のものだから、死神をやめたとしても逃れられない」

もっとも、と笑って、刑部は言葉をつないだ。

「僕も当分この仕事をやめるつもりはないんだけどね」

言葉は軽かったが、なんとなく笑えないものが底にあるのを感じて、俺は黙る。

昔、死にかけたところを死神に救われたのがきっかけで、刑部はこの世界に入ったというが、くわしい経緯はまだ聞いたことがない。そんな話をするほど俺たちは長いつきあいでもなければ、親しいわけでもないからだ。

刑部の懲罰《ちょうばつ》が明ければ、俺が番人よけについて歩く必要もなくなる。その時、俺はまだ死神を続けているのか、それとも改めて別の仕事を探すのか、今は見当もつかなかった。

死神という仕事に関しても、個人的な問題にしても、刑部が俺にあまり突っ込んだ話をしようとしないのは、いずれやめていく人間だと思われているせいだろうか。

本気で死神をやる覚悟も今はまだないくせに、そう考えるとやけに胃の辺りが重くて、すっきりしない気分だった。


「楓くん、お腹《なか》でも痛い？」

無意識に胃の辺りを押さえていると、刑部が心配そうに振り返る。

「いや、大丈夫です」

スーツのボタンを留めなおして、俺は言った。しいて言うなら、痛いのは腹ではなく腰のほうだ。出立界でマラソンはしたが、身体のほうは現世に残っていたのだから、筋肉痛というのも妙なものだ。俺が不思議に思って口にすると、刑部が納得げに答える。

「ゆうべ番人に飛び蹴り叩き込んで、思いっきり落ちてたからね。それでじゃないかな」

「まじですか」

刑部の言葉に、俺はぎょっとした。

「え。おぼえてない？　眼鏡拭きで番人蹴散らした後、そのまま僕のこと下敷きにして、バウンドして床に落ちてそのまま寝ちゃったんだよ。おかげで助かったけど、別の意味で死ぬかと思った」

まったくおぼえてない。というかなんだそれは。我ながら寝穢《いぎたな》いにもほどがある。

「なんかすいません。かさねがさね」

「いや、若いってすごいなって感心したよ。安眠妨害すんじゃねえ！　って番人に向かって吠えてたし」

そういうことは、おぼえていても聞かなかったことにしてほしい。

俺は頭を抱えたくなったが、今は話を戻すことにした。

「ええと。それで、今日のお客さんはこの辺りに住んでるんですか？」

俺たちがいるのは、都内Ｓ区、環状七号線沿いの歩道脇だった。

時刻は午前十時半。ゴールデンウィーク中ということもあり、道はすいている。

「住所は隣の区になってるけど、もうすぐ来ると思うよ」

ポケットから取り出したスマホで情報を確認すると、刑部が静かに言った。

今日の刑部は、愛用のソフト帽と支給品のサングラスを身につけた完全装備のせいか、歩いていると、ほとんどの通行人がよけていく。相変わらず、その筋の人にしか見えない怪《あや》しさだが、それは俺も同様だった。今日は俺も色の濃いサングラスをかけているからだ。

一度死にかけた人間は、この世ならざるモノが見えやすい体質になるという。

俺も例にもれず、幽霊やら死霊やらが見えるようになってしまったのだが、普段は裸眼でもそれほど支障はなく、たまに薄い眼鏡をかければ充分だった。しかし今日ばかりは。

「なんか、多くないすか？　ここ」

時折押し寄せてくる、むっとするような腐臭《ふしゅう》に口元を押さえつつ俺は聞く。

はじめはゴミ置き場でも近くにあるのかと思ったが、そうではなかった。

「楓くん、絶対にそれ、外しちゃだめだよ。この辺にいるのはたちが悪いからね」

刑部は自分のサングラスを指で示し、忠告する。

「黒いのがチラチラ動くのって、人間じゃないやつですよね」

支給品のサングラスはフィルタの役割を果たしているから、つけていれば人ならざるモノが見えるはずはないのだが、俺の視界にはさっきからやたらと黒い影がうごめいている。

「力の強いモノほど、存在も濃いからフィルタじゃ消しきれないんだ。うっかり目を合わせると発狂するようなのもいるから、気をつけないと」

「勘弁してくださいよ」

鳥肌をこらえつつ、俺はサングラスを押し上げた。昔から怪談だのホラーだのは大の苦手だ。男のくせにと笑われたこともあるが、怖いものは仕方がない。幽霊や死霊を日常的に目にするようになったからといって、苦手意識がなくなるわけではないのだ。俺みたいな人間が死神なんて仕事をやっているのだから、因果《いんが》なものだとしみじみ思う。

しばらく歩くと、刑部が「ここで待とうか」と言って古びた喫茶店に入った。

ゆったりしたソファ席の並ぶ喫茶店は客も少なく、はやっていない様子だったが、とりあえずさっきのような黒い影は見えなくなったのでほっとする。

窓際《まどぎわ》の席に落ち着いて、珈琲を注文したあともサングラスを外そうとしない俺たちを、白髪の店主が不審そうに眺めていて限りなく気まずい。

刑部はソフト帽を傍らに置いて、珍しく緊張した様子でスマホの画面を睨《にら》んでいる。

いつもなら、どこそこの病院だとか、あのマンションからだとか、お客が旅立つ場所を教えてくれるのだが、今日はそんな気はないらしい。

はこばれてきた珈琲に口をつけつつ、手持ちぶさたに窓の外なんかを眺めていると、ふいに甲高《かんだか》いブレーキ音と、ぞっとするような破壊音が響いた。

カウンターの向こうで作業していた店主がぎくっとしたように動きを止め、俺も思わず腰を浮かせる。音が聞こえたのは店の外、環七《かんなな》の交差点近くのようだった。

事故かと窓の外をのぞきこもうとしたとたん、向かいの席から刑部に腕をつかまれる。

「お客さんが出発したよ。僕たちも行こうか」

サングラスをはずし、俺を見据えて刑部は言った。

出発という何気ない単語に背筋が凍る。刑部の静かな目が、最初に会った時と同じく、人ならざる光をおびているように思えて俺は絶句した。

この男はやはり死神なのだと、改めて俺は、そんなことを思った。


気がつくと、闇の中に光の粒がばらまかれていた。

自分がどこにいるのか一瞬混乱した俺は、遅れて両足を地面につき、たたらを踏む。

「ここ……」

吐く息が白い。周囲にあるのは何本もの樅《もみ》の木だった。光の粒に見えたのは、木に装飾されたイルミネーションで、色とりどりのライトが呼吸するみたいに明滅している。

「クリスマス？」

現世は四月末だったはずなのに、出立界の季節はいつ来てもデタラメで混乱する。死者たちの記憶でできている世界だというから仕方ないのだろうが、ここもご多分にもれず、俺が初めて来る場所だった。

「北界区《きたかいく》かな。夜だと捜しにくいんだよね」

俺の腕をつかんだまま、厄介そうに刑部が言った。出立界は、大まかに言えば東西南北のエリアに分かれており、それぞれのエリアごとに季節が決まっているらしい。

「東西南北って言っても、実際の方位じゃなくて、便宜上《べんぎじょう》そう呼んでるだけでさ。北界区には冬の景観がたくさん集まってるんだ」

現世を旅立った魂は、本人が最も心惹《ひ》かれる風景に呼び寄せられるという。

「今日のお客さん、男性でしたよね」

かぼちゃの馬車に大聖堂、電飾の薔薇《ばら》で彩られたアーチとプロムナード。色とりどりのイルミネーションはやたらロマンチックで、どちらかというと女子が好みそうな雰囲気だ。

「そう。闕侑亮《せきゆうすけ》さん二十七歳。新宿に本社のある霜関《しもぜき》商事勤務だそうだよ。旅のきっかけは、車で移動中の事故死」

　事故死、という言葉に喉の奥が詰まったように息苦しくなる。やはり刑部は、あの時、事故が起きることを知っていたのだろう。

「広そうですし、手分けして捜した方が良くないですか」

　滅入《めい》りそうな思考を振り払って、俺は提案した。

　テーマパークみたいな景観のせいか、三角旗を手にした別の死神とお客の一団なんかが歩いていたり、明らかにそぞろ歩きを楽しんでいる様子のカップルもいる。

　ここにいる人間のほとんどが死者だとは思えないくらいの賑《にぎ》わいだ。

「それしかなさそうだね。じゃあ、見つけたら携帯に連絡して。本人確認も忘れずにね。見つからなくてもとりあえず十五分後にこの場所で落ち合おう」

　刑部の言葉にうなずき、俺はイルミネーションの中を歩き出す。

　死神の便利なところは、出立界という異界にいても携帯が使えることだ。

　事務所から支給されているスマートフォン型の端末は、出立界にいても電話にメール、ＳＮＳまで利用できるという特別仕様で、もちろんお客の情報も確認できる。

　刑部から送られてきたファイルには写真もついており、短髪に太めの眉の、快活そうな印象の男が写っていた。この写真だけでお客を捜すなら至難の業《わざ》だが、特殊仕様の携帯は至れり尽くせりで、対象者が近づくと画面の光点とアラームで教えてくれる。

モンスターを捕まえるゲーマーよろしく歩き回っていると、ふいに携帯が反応する。

見回した先、白く光る雪だるまの前には、黒い影がひとつ、立ち止まっていた。スーツの上にグレーのチェスターコートを羽織ったその男はちょうど、手にした桜色のマフラーを首に巻いたところだった。

刑部に携帯で手早くメッセージを送ったあと、写真で見た人物に近づき、声をかける。

「失礼ですが、闞侑亮さんですか？」

「……あなたは？」

俺の呼びかけに、彼はけげんそうな顔で振り返る。

その雰囲気に一瞬違和感をおぼえつつ、俺は内ポケットから名刺を取り出した。

「突然申し訳ありません。自分はこういう者です。お迎えにあがりました」

慣れない口上を述べて名刺を渡すと、その男、関侑亮さんはますます不審な顔になる。

そりゃそうだろうと俺は大いにうなずきたくなった。いきなりわけのわからない場所に飛ばされたあげく、知らない男に「死神旅券発行事務所」なんて名刺をもらったら、警戒するのも当然だ。

「お迎えって……何。死神って、どういうことだ？」

その顔は、自分が死んだこともわかっていない様子で、俺はどう答えるべきか迷った。身に覚えがあるだけに、あなたの人生は終わりましたなんて話を相手にうまく伝えるのはなかなか厄介だ。そういう意味では刑部の傍若無人《ぼうじゃくぶじん》な能天気さはこの仕事に向いている。

「申し上げにくいんですが――」

「あ、いたいた！　よかった、見つかったんだね！」

意を決して告知しようとした時、刑部が声をあげ、こちらに駆け寄ってきた。

愛用のソフト帽を被《かぶ》り、手にはトレードマークの三角旗もしっかり装備済みだ。

「お迎えが遅くなって申し訳ない。突然のことでさぞびっくりしたでしょう。僕は死神の刑部蒼馬《おさかべそうま》といいます。こっちは助手の琴寄楓。今回侑亮さんのお世話を担当することになりました。責任もってお望みの場所にお送りしますから、安心してくださいね！」

三角旗をはためかせ、どこぞのテーマパークさながらの陽気な挨拶《あいさつ》をした刑部に、侑亮さんはしばらく無言だった。ああこれはキレるかなと、どこか冷静に様子を見守っていると、侑亮さんはぽつりと呟《つぶや》く。

「死神、ってことは、おれ、やっぱり死んだんだ」

「おや。もうお気づきでしたか」

意外な顔をした刑部に、侑亮さんはふっと笑う。

「だって普通死ぬでしょ。思いっきり分離帯に突っ込んでたし。こりゃだめだって思ったのに、いつの間にかこんなところにいるから、どうしようかと思ってたけど」

そっか死んだのか、と納得した様子で侑亮さんはイルミネーションを見上げた。

未練や混乱のない反応に俺は拍子《ひょうし》抜けして、思わず刑部と視線をかわす。

「死んだ後のことなんて考えたことなかったけど、意外に普通なんだな。身体が潰れる音まで聞いたのに、べつに今はなんともないし」

ぞっとするようなことをさらりと言って、彼は握ったり開いたりと自分の手を確かめた。

「ここは、亡くなった方が一時的に流れ着く場所なんです。肉体を離れた魂の立ち寄り所といったところでしょうか」

「へえ。てっきり天国かと思ったけど、ちがうのか」

こんなにきれいなのにな、と少しがっかりしたようにイルミネーションを振り仰ぐ。

「天国がお望みなら、そこへ送ってさしあげることもできますよ」

「え、おれ天国行けるの？」

「もちろん！　天国、地獄、来世でもお好きな場所にお送りします」

びっくりした侑亮さんに刑部は笑顔で言うと、おもむろに三冊の旅券を取り出した。

「さあ、お好きな行き先を選んでください。遠慮なさらずどうぞ！」

アグレッシブに差し出された旅券を見て、ずいぶん簡単に天国行けるんだなぁ、と侑亮さんは感心する。

「もし、すぐに旅立つのがご不安なら、僕たちが可能なかぎり対応しますよ？　思い残すことのないようにケアするのも死神の仕事のうちですから」

「思い残すこと、ねぇ」

侑亮さんは顎《あご》に手を当てると、考え込んだ。

「まあ、死んだのはショックだけど思ったより痛くなかったし。特に夢とかなかったから、やり残したことも別にないんだよな」

ずいぶん淡白な人だ。

「お会いになりたい人とか、行きたい場所はないんですか？」

「んー。会いたい人ねぇ。両親はとっくにいないし、結婚もしてないし、友達とかはいるけど、最後に会いに行くってのも驚かせるみたいで気が引けるしな」

ややしばらく考えても思いつかなかったのか、ひとつ大きくうなずき、彼は言った。

「よし！　じゃあ受け取るわ、それ。死んじまったのに未練がましいこと言っても仕方ないしな。天国行きってどれかな？」

おそろしいまでの潔《いさぎよ》さで、あっさりと刑部の持つ旅券に手を伸ばす。

死神の仕事を手伝いはじめて十日。数は多くないにせよ、俺もいろいろな死者を迎えてきたが、これほど素直に旅券を受け取る人はいなかった。

たいていは自分が死んだことに納得できず、迎えに来た俺たち死神を質問攻めにして、混乱したり抵抗したり、時には怒って食ってかかられることもあったのに、こんなにあっさり仕事が終わるなんて最速記録じゃないだろうか。

金、銀、黒に光る旅券を眺め、そんなことを思っていると、ふいにぴたりと侑亮さんの手が止まった。

「どうかなさいましたか？」

旅券を手にする直前の状態で固まった侑亮さんに、刑部が問いかける。

「いや……それが」

当惑《とうわく》したように手を引っ込めて、侑亮さんは口ごもった。

「おかしいな。なんで思い出せないんだろ」

「何か心残りが？」

「心残り、というか、約束があった気がして」

「約束？」

「そう。おれが死ぬ前に頼まれたことがあったと思うんだ。大したことじゃなかった気もするけど、やっとかないといけないことのような……」

「それはどんな約束でしょう」

刑部が問いかけると、侑亮さんはしばし沈黙し、それから気まずそうに頬をかいた。

「えーっと。それが、忘れちゃったみたいで。おれ、誰と何の約束してたんだっけ？」

死神にそんなこと聞かれても困る。

営業スマイルのまま固まっている刑部と唖然としている俺に、死にたてほやほやの侑亮さんは困ったような愛想笑いをうかべた。


「そんなに珍しいことじゃないんだよ」

現世に戻った刑部は、冷めた珈琲をひと口飲んで、おもむろに言った。

「やっぱり冷めちゃうと不味《まず》いね、これ」

「珈琲の話かよ！」

刑部の声が耳に入ったのか、カウンターの向こうで喫茶店の店主が顔をしかめる。

「楓くん。たいがいの珈琲は冷めると不味いものだよ。珈琲が悪いんじゃなくて、さっさと飲まなかった僕らが悪いんだ。というわけでマスター、珈琲ふたつ、熱いやつもらえる？」

軽快に指を鳴らすと、刑部は俺の突っ込みをものともせずに注文をする。今どき喫茶店の店主をマスターなんて呼ぶのはこいつくらいだろう。

「それで、話をもとに戻すけどさ」

自分で脱線させたくせに、まじめな顔で刑部は両手を組んだ。

「お客さんの記憶があいまいになるのって、別に珍しいことじゃないんだ。突然の事故で旅立った場合は特にね」

「じゃあ、侑亮さんも……」

さきほどの事故は、どうやら運転手である侑亮さんの自爆だったらしい。さっきまで店の外は警察車両や救急車のサイレンで騒がしかったが、今は静かになっている。即死するような事故に遭《あ》ったことを思えば、本人の記憶が飛んでいることくらい不思議じゃないのかもしれない。冷めた珈琲のカップを手に、俺が神妙にうつむいていると、当の侑亮さんが俺の隣の席で頭を抱えた。

「ああ、見るんじゃなかった！　おれの車、ペシャンコだった！　まだローン残ってるのに。まいったな……」

やめた方がいいと言ったのに、侑亮さんは自分の最期《さいご》の場所を店の出口からのぞきこんで確かめてしまったのだ。本人の遺体は既に車から出されて搬送されていたものの、原形をとどめないほど無残に潰れた自分の車は充分にショッキングな光景だったらしい。

「ローンのほうは、保険でなんとかなると思いますよ。自損事故の場合は保険金が出ないこともありますが、どうやらいくつか加入していたようですから」

冷静な答えを返して、刑部はスマホを操作する。

「保険……そうか。そうだよな。おれ、死んだんだもんな」

改めて事態を飲みこんだ様子で、侑亮さんは深い溜息を吐く。

「約束のほうは、何か思い出せましたか」

「全然。たぶん、事故の前にどこかに行くつもりだったと思うんだけど」

俺の質問に、侑亮さんはこめかみを指で叩きつつ、眉間《みけん》にしわを寄せる。

今日は土曜。死神の俺たちはシフト制だから土日にかかわらず出勤することもあるが、侑亮さんは休日だったらしい。仕事場へは電車で通勤していたそうだし、車を出したのもどこかへ行く予定があったからだろう。

「事故の前のことで、思い出せることがあれば手がかりになりませんかね」

死の直後にこの質問は酷だろうかと思いつつ尋ねると、侑亮さんは一瞬遠い目になった。

「思い出せること——」

そのまなざしが急に虚《うつ》ろになるのを見て、俺はあわてて言いつくろう。

「いや！　しんどかったら無理しなくていいですから！」

「おれ……」

じっと記憶をたどっていた侑亮さんが、ふいにぽつりと言った。

「はい？」

「見まちがいか錯覚だと思うんだけど、あの時、おれがいた気がするんだ」

「『おれ』って……。侑亮さんが、もう一人いたってことですか？」

確認した俺は、鳥肌が立つのを感じた。

「そう。もう一人のおれが歩道歩いてて、それ見てぎょっとして、ブレーキが遅れて」

予想もしない答えに、俺だけでなく、スマホを手にしていた刑部までも絶句する。

「そんなことってあるんですか？」

おそるおそる俺が小声で確認すると、刑部は難しい顔でうなずいた。

「ありえないとは言えないかな。あの辺りは、人じゃないモノやかつては人だったモノの通り道になってるんだ。そういうモノが人間の擬態《ぎたい》をすることもあるし、霊感がない人でも強力すぎるやつは見えちゃったりするからね」

冗談だろ、と俺は青くなった。そんな理由で一生を終えることになったんだとしたら、と、侑亮さんは疑わしそうな顔になる。

「それ、おれが見たのは幽霊か何かだったたって意味か？」

刑部とのやりとりが耳に入ったのか、侑亮さんが顔をあげた。俺がぎこちなくうなずく
侑亮さんこそ浮かばれない。

「幽霊ってのは、どうかなぁ。ちょっとちがうんじゃないかな」

まさに幽霊の状態になった侑亮さんは、釈然としない様子で異を唱えた。

「実はおれ、ちょっとだけ霊感とかあって、あの交差点近くで幽霊っぽいの見かけたこともあるんだよ。でも、今日のはそういうのとは別だったと思う」

「別ってことは、生きてる人間だったということですか？」

「たぶん。変な感じはしなかったし、それだけに驚いたんだけど」

刑部の問いに、侑亮さんは確信をもってうなずく。その話が本当なら、ますます奇怪だ。

「なら、侑亮さんそっくりの別人が歩いてたってことか」

この世には自分そっくりの人間が三人いるとかなんとか聞いたことがあるし、たまたま自分によく似た人間を見たというなら、幽霊に化かされたと考えるより腑《ふ》に落ちる。

「そっくりの別人、ね」

スマホを操作する手を止めて、ふと刑部が真顔になった。こういう顔をするときは、た

いてい何かひっかかった時だ。短いつきあいでも、その程度のことはわかる。

問いただそうかと口を開きかけた時、侑亮さんがぽつりと言った。

「でも、もういいよ。なんか、無理に思い出す必要もないって気がしてきた」

何かを断ち切るように、きっぱりした口調で彼は続ける。

「どっちみち、おれはもう死んだんだ。あの車見てよくわかった。今さら何ができるわけでもないし、おれが死んで悲しむ人間もそんなにいないだろう。いつまでもここにいてもむなしいから、あの旅券、受け取るよ」

「侑亮さん……」

その声は沈んではいなかったが、あきらめているようにも聞こえて、俺が即答できずにいると、カウンターの方から店主が珈琲をはこんできた。

ふわりと漂う香りに、俺たちより先に侑亮さんがほっと顔をなごませる。

「ああ、いい香りだな」

「現世《ここ》では侑亮さんのぶんは用意できませんが、さっきの場所でなら珈琲も飲めますよ」

「そうか。最後に珈琲が飲めるのはいいな」

刑部の言葉に、侑亮さんはうれしそうに珈琲の香りを胸いっぱいに吸いこんだ。

二人席で三人いるような会話をする俺たちを、薄気味悪そうに眺めて店主が戻っていく。

刑部は少し考えるように、湯気をたてるカップを見つめると、侑亮さんに視線を向けた。

「もし、このまま旅券を受け取ってもかまわないとおっしゃるのなら、最後に侑亮さんがどこへ行く予定だったかだけでも確かめませんか？」

「え？」

そんな提案に侑亮さんはきょとんとする。俺も少しおどろいた。

死神である刑部の方から、わざわざ死者を引き止めることは今までになかったからだ。

「少し調べてみて、どうしてもわからなかったらその時は仕方ありません。出立界《むこう》でおいしい珈琲を飲んで、旅立ちましょう」

ね？　と刑部が笑顔を向けると、あっけにとられていた侑亮さんも小さく笑った。

「まあ、それもいいかもな」

珈琲の香りで気持ちが落ち着いたのだろうか。いつの間にか、その顔には生気が戻っている。……幽霊に生気というのもおかしな感じだが。

「でも刑部さん。調べるって、一体どうやって」

俺が聞くと、刑部はあっけらかんと答えた。

「そういえばそうだね。侑亮さんは思い出せないし、手がかりもないし、どうしようか」

大丈夫かこの人、と俺が引きつっていると、侑亮さんがおかしそうに助け舟を出した。

「手がかりになるかはわからないけど、学生時代からの付き合いで、今もよく飲みに行く友達がいるんだ。哲《てつ》って奴なんだけど。ひょっとしたら、そいつに何か話してたかもしれないから、連絡取ってもらえないかな」

「それは助かった！　連絡先か、ご住所はわかりますか？」

「電話番号はおぼえてない。でも、今日は給料日前だし、この時間なら家にいるはずだ」

刑部は友達の住所をスマホに記録すると、明るい顔で言った。

「光明《こうみよう》が見えてきたね。せっかくだからこれを飲んでから、哲さんに会いに行こうか」

死神は優雅に珈琲をすすり、猫舌の俺は少し舌を火傷《やけど》して、ひとまず行動開始となった。


訃報《ふほう》というのは思った以上に早く伝わるものらしい。

三軒茶屋《さんげんぢやや》にある侑亮《ゆうすけ》さんの友人の家を訪れた時、彼は既《すで》にそれを知っていた。

突然訪ねてきた俺たちと話す気になったのも、警察に事故の話を聞いたからのようだ。

「警察が俺のこと、親族の一人と思ったらしくてね。携帯の履歴に名前が入ってたから」

関哲大《せきてつひろ》さんは、彼の家から目と鼻の先にあるカフェに俺たちを案内すると、テラス席に座るなり、耐えきれなくなったように煙草《たばこ》に火をつけた。

「すみません。外じゃ吸わないんだけど、ちょっと……」

せわしなく煙を吸いこんだ後、深く息を吐き出してうなだれる。間に合わせのように頼んだ珈琲《コーヒー》にも手をつけないままだ。

Ｗｅｂデザインの会社に勤めているという哲さんは徹夜明けだとかで、長めの髪を首の後ろでくくり、だいぶ疲れているように見えた。

「關《せき》侑亮さんと、同じ苗字なんですね」

斜め向かいに座った刑部がそう話しかけると、煙草を挟んだ手で眉間《みけん》をこすりながら、哲さんは「そう」とうなずく。

「学部はちがったけど、大学じゃ一緒のサークルでね。おまえも関かよ紛《まぎ》らわしいなとか、そんな感じで話が始まって。まあ、あいつの名字は旧字体らしいんだけど。あの時から、哲って呼ばれてたな」

俺たちにそう説明した哲さんは、自分の言葉に愕然《がくぜん》としたように口をつぐむ。

「うわ、思い出話かこれ。会ったのおとといなのに、なんで思い出とか語ってんだ」

口調は軽かったが、その顔からは血の気が引いていた。

「お話しするのがつらいようでしたら、僕たちは改めますが」

口元を押さえて絶句している哲さんに、刑部《おさかべ》が引きさがる姿勢を見せると、我に返ったように彼は首を振る。

「いや、大丈夫。あいつが事故とか、なんかの冗談みたいでどうも、さっきから実感全然なくて。自分でも、どうしていいんだか途方にくれててね。……でも、大丈夫だから」

そう言いながらも、哲さんは灰皿の前に肘《ひじ》をついて、しばらく口をきかなかった。その様子を、亡くなった侑亮さん本人が、隣の空席から居たたまれない顔で見守っている。

最初に吸ったきりの煙草が半分近く灰になる頃、申し訳なさそうに侑亮さんが言った。

「ごめんな、哲。おどろかして」

幽霊になった侑亮さんのその声が聞こえたはずもないのに、ぼんやりしていた哲さんの瞳が焦点を結び、手にした煙草を灰皿に押しつける。

「……それで、お二人は侑亮の取引先の知り合いでしたっけ」

「いえ、付き合いがあったのは僕だけです。たまたま通ってるジムが同じで、帰りに飲みに行ったりしてて。哲さんの話も何度か聞いたことありますよ。ぽっちゃり系のかわいい彼女が最近できたって」

淀《よど》みない刑部の言葉に「あいつそんなことまで話してんのか」と哲さんは顔をしかめた。

「でも、なんでまた、わざわざうちに訪ねてきたりしたんですか」

冷静さが戻ってきたのか、不審そうなまなざしを向けた哲さんに、お恥ずかしい話なんですが、と前置きして刑部は答える。

「サッカーのチケットを譲ってもらったお礼に、ゆうべ会った時にワインを渡したんですが、どうも、その紙袋の中にうちの後輩の社員証が紛《まぎ》れ込んでたみたいで」

気まずい顔で俺が頭を下げると、哲さんが俺の顔をちらりと見て、けげんそうに聞いた。

「社員証？　どうしてまた」

「彼の家の近くにいい店があるって言うんで、そこで買ってきてもらったんですよ。仕事帰りに寄った時に紙袋の中に社員証を突っ込んじゃったらしくて。まあ、後輩に使い走りさせたあげく、中身を確かめずに闕さんに渡した僕も悪いんですが」

まぬけな話ですよねぇ、と困り顔で言う刑部の横で、俺は神妙に下を向く。

いきなり見知らぬ人間が訪ねて侑亮さんの話を聞いても、まともに取り合ってもらえる可能性は低い。侑亮さん（の幽霊）から助言をもらい、それらしい口実をひねり出したのだが、信じてもらえるかどうかは賭けだった。刑部と違ってろくな演技もできない俺は、社員証をなくしたまぬけな後輩に徹すべく殊勝《しゅしょう》な態度を心がける。

「今日は休日出勤だったのに、社に入れないって後輩に泣きつかれちゃって。闕さんとは連絡もつかないし、今日は誰かと約束があるようなこと話してたから、ひょっとしてここかなと思って図々しくお邪魔したんです」

「そう」

刑部の説明を聞いた哲さんは、ややあきれ顔で息をついた。納得したというより、疑うのが面倒になったのかもしれない。

「俺は約束してなかったですよ。あいつとは会ったばっかりだったし。半年前から進めてた案件が片付いたって言ってたから、息抜きにでも出かけたんじゃないですかね」

「息抜きか。僕が聞いた感じでは、誰かに頼まれごとをしたみたいな話だったんですが」

「頼まれごと?」

「ええ。おととい会った時、何か言ってませんでしたか?」

「いや、特に話してなかったな。思い当たらないわ」

ややこしい口実を作って会いに来たものの、どうやら結果は空振りのようだ。俺が内心落胆していると、二本目の煙草に火をつけ、哲さんが何か思い出した顔になった。

「……そういえば、さっき、侑亮から俺の彼女の話聞いたって言ってましたけど」

「ああ、はい。本人は愚痴《ぐち》のつもりだろうけど惚気《のろけ》にしか聞こえないから、時々殴りたくなるとかなんとか」

刑部がさらりと言うと、哲さんは「ふざけやがって」と低くうなる。

「俺が知りたいのはそういうことじゃなくて、あいつ本人の話」

「闞さんの話？」

「あいつ、誰かと付き合ってたとか、そんな話、聞いたことあるかなと思って」

思わぬ言葉に、俺はつい顔をあげた。刑部は意外そうに問う。

「いえ。僕は聞いてませんでしたが、そうだったんですか？」

「かもしれないってだけですよ。いつだったか話のついでに携帯見せてもらった時、最初に開いた画面に女の子の写真が見えたからさ。あわてて閉じてたけど、そういうの、雰囲気でわかるじゃないですか」

「その人と、付き合ってたんでしょうか」

「さあ、どうかな。俺にはそういうこと全然話さなかったし。あいつ、女のことになるととたんに口重くなるから」

哲さんが話すのを聞きながら、俺は向かい隣の席にいる侑亮さんに目を向ける。彼は、こわばった顔で口をつぐんでいた。

「もし付き合ってたんだとしたら、相手の子は事故のこと聞いたのかなって。なんか気になったから」

「その女性、どんな人だったかおぼえてますか？」

「ちらっと見ただけだし、顔はよくわからなかったな。……ああ、でも」

ふと俺の顔を見て、彼は「社員証」と呟《つぶや》いた。

「写ってた女の子、胸んとこに社員証つけてましたよ。あいつと同じやつ」

自分の胸元を、哲さんは煙草を挟んだ手で示す。

「じゃあ、闘さんと同じ会社の人ですかね」

「かもしれないな。あ……そろそろ俺、行っていいですか」

ほかの友人たちにも事故の件を伝えなきゃならないからと気が重そうに話して、哲さんは席を立った。

「葬儀の手配なんかはあいつの遠縁の親族がやるらしいんですけど、手が足りないみたいだし。いろいろ相談に乗ってほしいって電話あったんで」

「大変なところにお邪魔して、申し訳ありません」

目を伏せて深く詫《わ》びる刑部の隣で、俺も頭を下げる。

「いや。あいつのこと話してたら、少し気が紛れました。電話受けてから、長いこと呆《ほう》けてて、一人だったらしばらくあのままだったろうし」

じゃあ、と哲さんがあわただしく出ていこうとすると、じっと黙り込んでいた侑亮さんの口元が動き、彼の低い声が俺の耳に届いた。

「あっ、哲さん！」

反射的に呼び止めた俺に、ぎょっとしたように哲さんが振り返る。声をかけたあとで、しまったと思ったが今さら遅い。目をみはっている刑部と、侑亮さんを見くらべて、俺は苦しまぎれに言った。

「ええと。うちの先輩が侑……闞さんからもうひとつ聞いてた話があるみたいで、それをお伝えしておきたいと」

刑部が「僕にふるの⁉」という顔をするが、この際無視しつつ、必死な目線を侑亮さんに送る。侑亮さんは苦笑をひとつうかべ、さっき口にした言葉を少し長めに繰り返した。

「あいつから聞いてた話って、なんですか」

けげんそうに哲さんが戻ってくると、刑部は侑亮さんの伝言をそのまま伝える。

「哲さんの今の彼女、世話焼きすぎだとか愚痴ってたけど、今まで付き合った中では一番合ってると思う。大事にした方がいい、だそうです」

伝言を聞いた哲さんは、不意打ちを喰らったようにしばらく絶句していた。やがてその顔が歪《ゆが》み、彼は歯を食いしばる。

「……余計なお世話だ。くそ……」

唸《うな》る声は、少し濁《にご》っているように思えた。

「楓《かえで》くん、君ね。いきなり先輩に無茶ぶりするとか、少しは自重してくれる？　あそこで哲さんがキレてたら、殴られるの僕なんだからさ」

駅のコインロッカーを開け、ソフト帽を取り出すと、埃《ほこり》を払って被《かぶ》りながら刑部が言う。

いつもの芝居がかった刑部のスタイルでは不審を招くだけなので、彼愛用のソフト帽は置いていったのである。

「すみません。とっさのことで、出しゃばりました。以後気をつけます」

さすがにまずかったと反省しつつ、俺は詫びを入れた。哲さんの去りぎわ、侑亮さんの口からもれた言葉を聞いたら、つい呼び止めてしまったのだ。

「でもおれは、最後にあいつの顔見られてよかったよ。言いたいことも伝えてもらえたし」

妙にすっきりした顔の侑亮さんに、刑部は気を取り直したように笑う。

「そうですか？　ならいいか。哲さんから、貴重な話も聞けたことだしね」

侑亮さんに恋人がいたかもしれないという話だろう。ストレートに聞いていいものかと迷いつつ、当の本人を見ると、侑亮さんは困ったような顔になった。

「べつに隠してたわけじゃないんだよ。長いこと、おれが一方的に気があったってだけで」

「じゃあ、侑亮さんはその人と付き合ってたわけじゃないんですか？」

心残りはないのかと聞いた時も、会いたい人はいないと侑亮さんは言った。恋人でなかったとしても、好きな相手だったなら最後に会いたくはなかったんだろうか。

「いや、おれたちは――」

侑亮さんは答えの途中で口をつぐむ。

「侑亮さん？」

頭をかくような姿勢で固まっていた侑亮さんは、俺の呼びかけにはっと顔をあげる。

「付き合ってたかどうかはとりあえず置くとしても、侑亮さんが車で彼女に会いに行こうとしてたってことはありませんかね」

「それはないと思う。彼女、海外出張中で今日本にいないんだ。おれが出かけたのは、別の用事のはずだよ」

とは言ったものの、記憶に自信が持てないのか、多分、と歯切れ悪く続け、侑亮さんはもどかしそうにがりがり頭をかく。

「ああくそ！　この辺まで出かかってるのに、なんで思い出せないんだ！」

「……これからどうします？　ほかの友達を訪ね歩いて、また聞いてみますか？」

煮詰まっている侑亮さんから、刑部に視線を移すと、彼は思案顔でうつむいた。

「そうだね。あんまり次々に人を訪ねるのも不審がられそうだし、いっそ、お通夜《つや》か葬儀の時に出直してきて、集まった人たちにさりげなく聞いてみるのも手かもしれないね」

　今できるのはここまでかと思っていると、あわてたように侑亮さんが割って入った。

「だめだ！　出直すなんて！」

「でも、具体的な手がかりがない以上、ほかに方法がないですし」

「そんな悠長なことしてたら手遅れになる！」

　やけにきっぱりした口調に、何か思い出したのかと期待したが、侑亮さんは拳を握ったまま「…………と思う」と、自信なさそうに続ける。

「なら、侑亮さんの自宅に行ってみましょうか。手がかりがあるかもしれないですし」

　うまく中に入れてもらえるといいんですけどね、とスマホを操作しながら言う刑部に、侑亮さんは肩を落とした。

「さっさと旅券受け取るとか言ってたくせに。わけわかんないな、おれ」

「そんなに気になるってことは、大事な約束だったかもしれないでしょう？　おかしなことじゃないですよ」

　刑部がそう言って励ましたが、侑亮さんの表情は沈んだままだった。

車の鍵《かぎ》とキーケース。事故の衝撃で隙間《すきま》に挟まり、奇跡的に無事だった携帯電話。そしてポケットの中の財布。

事故当時の侑亮さんの所持品はそれが全部だったという。

侑亮さんの親族にあたる人物は、峰岸《みねぎし》さんという中年の男性だった。母方の伯父《おじ》だかで、侑亮さんとはほとんど付き合いがなかったらしい。

侑亮さんの両親は既に他界しており、親族にあたる人物がほかにいなかったため、峰岸さんが身柄を引き受けるという話だった。

「急に警察から電話をもらって、私も動転しましてね。手配なんかは葬儀会社が代わってくれるというんでお任せしてあるんですが、あちこち連絡もしなきゃならなくて」

汗を拭《ふ》き拭きやってきた峰岸さんは、侑亮さんの部屋を開けると、俺たちに言った。

「それで、ええと、社員証ですか？　見つかったら声かけてください。ここにいますんで。あんまり時間は取れませんせんが」

「申し訳ありません。お手数おかけしてしまって。手短にすませますので」

恐縮する刑部とともに、俺もリビングに入る。さっき哲さんに会った時に話した口実が、ここでも役に立った。詐欺《さぎ》みたいなまねをするのは気が引けるが、亡くなった侑亮さん当人のためだと思えば、罪悪感にも目をつぶるしかない。

侑亮さんの遺体は行政解剖に回された後、葬儀会社の手配で会場に搬送されるとかで、部屋は生前の侑亮さんが出ていったままになっていた。

リビングダイニングに寝室、仕事部屋がひとつという自宅の中は、刑部のマンションと似たような間取りで、男の一人住まいにしては片付いている。

「どうです？　何か変わったところとか、思い出したことありますか？」

侑亮さんに小声で尋《たず》ねながら、俺はリビングを見回した。ベランダに出る窓の近くには峰岸さんが立っていて、しきりと電話をかけて事情を説明している。

峰岸さんを申し訳なさそうな顔で見つめていた侑亮さんは、ゆっくり首を振った。

「いや。いつもと特に変わったところはないな。見覚えのないものも置いてないし。旅行とか、そんな遠くに行く予定だったんじゃないことは確かだろうけど」

ダイニングテーブルには、珈琲のマグカップが置き去りになっている。壁際《かべぎわ》の棚に本格的なエスプレッソマシンが置かれているところを見ると、かなり珈琲好きなんだろう。

そのわりに、ひと口かそこら飲んだだけみたいにマグカップの中には珈琲が残っていて、もったいないなと貧乏性の俺は思う。

「それとも、飲んでる途中で用事ができたのか」

呟いた俺の声が耳に入ったのか、峰岸さんの視線がこちらを向いた。

「ああ、その。侑亮さん、どこかに行く予定だったのかなって。そんなようなこと話してたみたいですし」

言い訳がましく答えた俺に、峰岸さんは「だろうね」とうなずく。

「事故が起きたの、高円寺《こうえんじ》とか、あっちのほうに向かう道だったたって警察の人も言ってたよ。車の中に買い物袋があったたって話だから、買い物の途中だったたのかねぇ」

「買い物袋、ですか？」

「うん。車と一緒に潰《つぶ》れちゃったから、そっちは戻ってこなかったけどね」

中身は食品だったようだと聞いて、俺は侑亮さんの方を見た。

眉間にしわを寄せて口元を手で覆《おお》い、侑亮さんは必死に思い出そうとしている。

その様子に気を取られていると、別の場所を調べていた刑部が近づき、耳元で言った。

「買い物袋の中身、多分これだよ」

さりげなくテーブルに置かれたのは、どこかの店のレシートだ。

品目を見た俺がいぶかるより先に、侑亮さんが「あっ」と声をあげる。

「見つかりましたか？」

まるで、その声が届いたみたいに峰岸さんが聞いてきた。

刑部は振り向くと、一枚のカードを手に、穏やかに答える。

「ええ。キッチンのほうに置いてありました。取っておいてくれたみたいですね。お世話をおかけしてすみません」

眼鏡を押し上げるようにして俺の名前が入ったカードを確認すると、峰岸さんは納得したようにうなずく。刑部が手にしているカードがネットカフェの会員証だと知っている俺は、ばれやしないかとひやひやした。

「じゃあ、閉めていいかね。これからまた、何人かに会わなきゃならないんで」

せかされるまま俺たちが部屋を出ると、峰岸さんは鍵を閉め、汗を拭き拭き戻っていく。

その背中に、侑亮さんが深く頭を下げた。

「生きてる時はろくに話したこともないのに。あの人に送られて死ぬんだな、おれは」

顔をあげた侑亮さんは、誰にともなく、そんなことを口にした。

俺が何も言えなくなっていると、刑部はのんびりと答える。

「そんなものですよ、意外とね。今だって、赤の他人の僕ら死神と、最期を過ごしているでしょう?　生まれる時も旅立つ時も、みんなそうやって誰かのお世話になりますから」

おたがいさまです、と続ける声は、残酷なまでに明るかった。

それを聞いた侑亮さんは、ふっと息を吐いて笑う。

「おたがいさま、か」

「ええ。というわけで、さっそく侑亮さんの約束の場所に向かいましょうか！」

ほがらかに宣言した刑部を見て、俺はさっきのレシートを思い出した。

「わかったんですか？　行き先」

「何をしに行こうとしてたか、まではね。場所は侑亮さんが知ってるよ」

思い出したんでしょう？　という刑部の問いに、侑亮さんははっきりとうなずく。

「ああ。手遅れになる前に、急がないと」

その声は、さっきまでとは別人のように、確信にみちていた。


侑亮さんのマンションから歩いてすぐの場所にある店で買い物をすませると、俺たちはタクシーを拾い、後部座席に乗りこんだ。

「行き先って、もしかしてこれが目的、ですか」

俺は買い物袋の中をのぞきこむ。そこに入っているのは――

「そう、鳥の餌《えさ》。かわいいペットのごはんだよ」

呆然としている俺に、刑部は悠然と座席にもたれ、そう告げた。

侑亮さんのマンションに残されていたレシート。それはペット専門店のもので、品目には鳥用の餌と記されていたのだ。侑亮さんの部屋は動物を飼っていた形跡もなかったのに、どうしてそんなものを買ったのか不思議だったのだが。

「じゃあ、侑亮さんの頼まれごとって、まさか鳥の餌やり?」

亡くなった後にまで残った気がかりが鳥の餌やりだなんて、ささやかにもほどがある。

一生の心残りがそれでいいんだろうかと他人事《ひとごと》ながら心配になっていると、刑部が窓枠に肘をついて笑う。

「まあ、ただの知り合いに頼まれたなら忘れちゃうだろうけど、それが大切な人の大事なペットだったらどうかな」

「てことは、これ、侑亮さんの……」

さっき聞いた、好きな彼女に頼まれたということだろうか。

「昨夜遅くに帰国する予定だった彼女から、飛行機のトラブルで足止めになって、帰るのが遅れるって連絡をもらったんだ」

淡々と答えたのは、ちゃっかりと助手席に腰を下ろした侑亮さんだ。

運転手は霊感があるタイプなのか、それとも不審な二人連れ(と幽霊一人)の客を乗せてしまったせいか、さっきから青い顔でハンドルを握り、一言も喋《しゃべ》らない。

「出張の時はかかりつけの動物病院に預けるか、近くに住んでる妹さんに様子を見に来てもらって餌の補充や水の交換なんかを頼んでたらしいんだけど、妹さんは恋人と海外旅行に行く予定があるとかで二日前から留守でね」

「そうか。ゴールデンウィークですもんね」

友人知人ですぐに動ける者もなく、侑亮さんにお願いすることになったらしい。

「電話もらった時は、妹に補充してもらった餌が残ってるから急がなくていいって聞いて、家の近くで餌だけ買って翌日行くつもりだったんだけど、朝になってまた電話がかかってきてさ。ちょっと手違いがあったみたいだから急いだほうがいいってことになって」

侑亮さんは淹《い》れたばかりの珈琲を飲み干すこともなく、買ったものを持って家を出た。

事故の朝の状況は、そういうことのようだ。

「彼女の家、駅から少し距離があって。俺の最寄《もより》駅からだと乗り換えが面倒だし、車の方が早いんだ。連休に入って道も空《す》いてたし、思ったよりスピード出てたんだな」

あ、次の交差点左折ね、と外を眺めていた侑亮さんが運転手に向かって言う。

「あ、次の交差点、左折してください」

俺が侑亮さんの言葉を伝えると、運転手は無言のまま勢いよくうなずいた。俺が伝えるより先に侑亮さんの声に反応したように見えたが、気づかなかったことにしておく。

交差点を曲がったタクシーはほどなくして住宅街に入り、やがて七階建てのマンションの前で停まった。

領収書をもらった刑部が最後に下りると、タクシーは逃げるように走り去ってゆく。

あらかじめ連絡を入れていたせいか、俺たちが入り口に向かってすぐ、管理人室から年配の婦人が一人、顔をのぞかせた。

「闞さんの代理っていうのは、あなた方?」

「はい。彼がどうしても来られなくなったので、僕たちが代わりに。加納来海《かのうくるみ》さんにも、連絡はしてあるんですが」

刑部が名刺を渡して挨拶すると、婦人は彼の顔をしみじみと眺め、おっとりと尋ねた。

「あらあなた、すてきなお顔立ちねぇ。前に映画に出てなかったかしら?」

「よく言われます。出演したことはありませんが」

婦人の質問に、刑部は笑顔でいけしゃあしゃあと答えると、話を戻す。

「それで、加納来海さんの件なんですが」

「ええ。今しがた電話があったわよ。ずいぶんあわててたようだけど。とりあえず、餌と水を換える間、私に立ち合ってほしいって」

侑亮さんと同じ部署で働く加納来海さんは、海外出張から戻る途中、中東の乗り継ぎ空港で足止めになっているという話だった。

侑亮さんは来海さんの電話番号だけは覚えていたから、刑部がショートメールを送り、なんとか連絡がついたのだ。

来海さんは会社の人間からの連絡で、侑亮さんの事故を知ったらしい。刑部が事故の前に鳥の餌やりの話を聞いたことを打ちあけると、一も二もなく彼女から電話が入り、事情を問いただされた。噛みつくような声が隣にいた俺の耳にも聞こえてきたくらいだから、かなり動転していたのだろう。

「加納さんのところのインコちゃんね、前に一度だけ預かったことがあるのよ。私も動物好きだから。でも、おやつのミカンをあげすぎちゃったのが良くなかったみたいで、あれから一度も頼まれたことないわねぇ」

婦人は話し好きなのか、そんなことを言いながら俺たちを部屋に案内する。

一応本人の許可はもらっているとはいえ、女性の留守宅に上がりこむのは侑亮さんの時より気が咎《とが》めたが、婦人が鍵と扉をあけたとたん、来て正解だとわかった。

部屋の奥から、何かを訴えるような鳥の声が聞こえてきたからだ。

入り口正面の扉奥、リビングの片隅に、鳥のケージは置かれていた。室温は一定に保たれているようだったが、ケージの中では白いインコがしきりと飛び回っている。鳴き声は囀《さえず》るようなやさしいものではなく、警戒するような甲高《かんだか》いものだった。

「妹さんが餌を入れたの、二日前らしいけど、思ったより水濁ってるね。餌もなくなってそうだな」

ケージをのぞきこむと、表情を曇らせて刑部が言った。

「でも餌入れの中身、まだ入ってますよ？」

何カ所か置かれた餌入れは、まだ半分以上餌があるように見えたが、刑部は首を振る。

「多分これ、ほとんどが殻《から》だよ。間違って殻付きの餌を補充しちゃったらしいから」

長時間留守にする時は、殻のない剝《む》き餌かペレットタイプを使うようにしていたというが、妹さんが餌を入れに来た時にうっかりしたようだ。

殻付きの餌を入れて放置すると、食べかすの殻ばかりが上に残って、底に残っている餌を鳥が食べられなくなるのだという。

「餌と水だけ換えて帰るつもりだったけど、けっこうストレスたまってそうだし、やっぱり動物病院に預かってもらった方がよさそうだね」

そう言いながら、刑部はスマホを操作する。

かかりつけの動物病院は休みだそうだが、鳥を専門に診《み》る獣医師で、連休中も預かってもらえそうな病院を都内に見つけたので、もしもの時はそこに預けることになっていた。

「管理人さん、お手数ですが移動用のケージを探してもらえますか？　僕たちがあちこちのぞくわけにいかないので」

目を丸くしてインコのケージをのぞきこんでいた婦人は、刑部に声をかけられて、「はいはい」と踵《きびす》を返す。

「侑亮さん、移動させる時の手順とかって聞いてます？」

俺たちがインコのケージの前にかがみこんでいる間、侑亮さんは少し離れた場所に立っていた。俺が尋ねる声にも気づかず、侑亮さんはなぜかぼんやりと、リビングボードの一角に見入っている。

何を見てるんだろうと視線をたどると、そこにはひかえめな写真立てが置かれていた。

アクリルボードに挟みこまれた写真に写るのは、二人の人物だ。

一人は桜色のマフラーを巻いた、セミロングの髪の女性。おそらく来海さん本人だろう。

そしてその隣には。

「……侑亮さん？」

今着ているのと同じチェスターコートを羽織った、侑亮さんの姿があった。

「本当にまだ、付き合い始めたばかりだったんです」

俺たちの前には、憔悴《しょうすい》しきった顔で、一人の女性が座っている。

血の気のない顔に髪がかかり、泣き腫《は》らしたように目もとが赤い。

一人掛けのソファに沈みこむ姿は、指一本動かす力も残っていないように痛々しかった。

加納来海さんが帰国したのは、俺たちが鳥を病院に預けた翌日のことだ。

昨夜は侑亮さんの仮通夜がいとなまれただけで、本通夜は今日になったから、来海さんは帰国後すぐ、葬儀場で恋人の亡骸《なきがら》と対面した。そんな中でも俺たちと会う気になったのは、侑亮さんの話を少しでも早く聞きたかったからだろう。

来海さんが会場を一旦離れたのは深夜近くのことで、俺たちは彼女が宿泊するホテルのラウンジに向かった。帰国しても自宅に戻る気になれないため、ここに滞在することにしたのだという。

「驚きました。職場の人にはまだ知られたくなくて、鬮くんにもしばらく伏せておいてほしいって頼んだばかりだったから。友達にも話してなかったし」

来海さんの視線が不可解そうに俺たちに向けられる。話に聞いたこともない知人（当然だ）が、個人的な事情を知っていたというのが解《げ》せないのだろう。

「鬮さんは何も言いませんでした。ただ、彼の携帯に残っていた写真を僕が偶然目にしてしまって、その時の反応を見て鎌《かま》をかけたら、ぽろっと、ね。そういうことに関しては、あんまり隠しごとに向いてないですよね、彼」

　刑部が言うと、硬かった来海さんの表情がほんの少しやわらぐ。

「そうね。……でも、それがいいところだから」

「ええ。僕たちは鬮さんの社とは何の利害関係もない仕事をしてますし、鬮さんの職場の人とも接点がありませんでしたから、それで打ち明けてくれたんでしょう。加納さんとの約束を破ったわけではないと思いますよ」

「約束だなんて」

　来海さんは、自責の念にかられたように目を伏せた。

「うちは社内でも競争が激しい部署で、女性は私一人だし、ずっと気が抜けなくて。周りは仲間っていうよりライバルって感じだから、余計に鬮くんとのこと、言い出せなかったのかもしれません」

　社内恋愛を禁止されていたわけではないが、隙を見せるのが怖かったのだと彼女は言う。だから彼女と侑亮さんの関係を社内で知る者はなく、仕事では必要以上に慣れ合うこともしなかったため、むしろ仲が悪いとさえ思われていたようだ。

「今思うと、あんなに怖がって隠す必要なかったのに。……あの時だって」

　肘掛けを握りしめて、来海さんはきつく唇を嚙む。

来海さんが関わっていた商談がストップし、取引先の説得のために急な海外出張が決まった日、社内で侑亮さんに話しかけられ、そっけなく突っぱねてしまったのだという。

「闞くんはちょうど半年前からの案件が片付いたところで、連休前に二、三日旅行に行かないかって誘われたんです。でもその時、全然余裕がなかったものだから」

そんな暇《ひま》あるわけないじゃない、くだらないことで話しかけないでとはねつけて、来海さんは出張に出てしまった。それきり、忙しさにかまけて連絡もしなかったという。

侑亮さんに、頼みごとをするあの夜まで。

「ひどい扱いをして、放置しておいて、そのくせ自分が困った時だけ頼るなんて。ほんと、最低な女ですね、私。そのうえ、闞くんにあんな――」

彼女は言葉を紡《つむ》ぎきれなくなったように声を詰まらせ、うなだれる。

痛ましそうにその姿を見つめ、刑部が言った。

「闞さんは、気にしてなかったと思いますよ。必要以上にがんばりすぎる人だから、心配はしてたみたいですが」

「やさしいんです。私にはもったいないくらい。だからいい気になって、甘えて」

何もしてあげられなかった、と絞るように後悔を吐き出した来海さんを見て、俺は昨日の侑亮さんの横顔を思い出した。

通夜の席には侑亮さん本人もいたのだが、会場を出た後、姿を消してしまったのだ。

それでも気配は近くに感じるから、おそらく話を聞いてはいるんだろう。

彼女のリビングにあった写真を見た後、侑亮さんが口にした言葉を、俺は反芻《はんすう》する。

「……うれしかったって、言ってましたよ」

俺がそう伝えると、うつむいていた彼女は、驚いて顔をあげた。

「なんでもできて、頼もしくて、いつも背筋を伸ばして隙なんか見せようとしない人が、自分を頼ってくれたのがうれしかった。どんなに小さなことでも……小さなことだから、余計にうれしかったんだって、言ってました」

たとえそれが、留守宅に置かれた鳥の世話でも、侑亮さんにとって、激しい事故の後でさえ、記憶の底に残るような大切な出来事だったのだろう。

呆然と見開かれた来海さんの目から、透明な滴《しずく》がこぼれ、流れ落ちる。

耐えきれなくなったように顔をゆがめた彼女は、背中をかがめ、肩を震わせた。

深夜のラウンジは人影もまばらで、片隅に座った喪服《もふく》の客を見とがめる者はない。

それでも、止まらない嗚咽《おえつ》を押し殺し、口元を手で覆って彼女は泣き続けた。

「ここの景色さ。似てるんだ、あの時と」

カフェスタンドのあるデッキからイルミネーションを見下ろし、侑亮さんは言った。

いつ来てもここは夜なんだなと、ひんやりした空気の中で俺は思う。

侑亮さんの手には、湯気をたてる珈琲のマグが握られており、彼自身の吐く息も白い。

死者の魂が立ち寄る出立界《しゅったつかい》。最初に侑亮さんに会ったのと同じ場所に、俺たちはいた。

最後に珈琲を飲む約束を果たすためだ。

「あの時って、いつですか?」

キャラメルラテの蓋《ふた》つき紙コップを手に、刑部が尋ねる。どうでもいいが、出立界には現世ばりのカフェもあり、けっこうな賑《にぎ》わいを見せていた。ついでに言うと、刑部はこういう時、いつも甘ったるいものを頼む。

「ん? おれのトラウマ。……いや、人生の汚点かな?」

珈琲に口をつけ、侑亮さんはこともなげに言う。そんな忌《い》まわしい場所だったのかと、愕然としている俺をよそに、侑亮さんはひと口飲んで、感心したように珈琲をほめた。

「うまいなこれ。おれが一番好きな店と同じ味だ」

「それはよかった。出立界でも評判のチェーン店なんですよ」

刑部の手にするカップには、銀河を思わせる渦巻きが描かれている。

「それにしても、人生の汚点て。なんでそんな場所にわざわざ……」

どうせ人生最後に立ち寄るなら、もっといい思い出のある場所でもいいんじゃないかと思って言うと、侑亮さんは目を細めて笑った。

「トラウマだけど、一番大事な場所でもあるからさ」

数年前の十二月、入社間もない侑亮さんは仕事で大失敗をしたのだという。

「取引先に納品するはずの商品に手違いがあったってクレームが来て、あやうく大口の顧客を失うところだったんだ。結局それは、発注指示を誤解した俺のミスでさ」

取引先に謝り倒しても許してもらえず、新しい商品を手配する一方で、大幅な値引きをせざるを得なくなり、会社に大損害を出すはめになった。

「その時、俺と一緒に取引先回って土下座までしてくれたのが彼女でね。男の俺でも身が縮むような罵声《ばせい》浴びせられてるのに、芯が通ってるみたいに冷静で、かっこよかったよ」

テラスデッキの手すりにもたれて侑亮さんは言う。

「事後処理が終わった後に、別件でレセプションに出なきゃならなくて。なのになかなか気持ちを立て直せずにいたら」

いつまでも辛気臭《しんきくさ》い顔してるんじゃないわよ、と侑亮さんはマフラーをぐるぐる巻きにされ、来海さんに叱《しか》りつけられた。

「まあなんていうか、それで惚《ほ》れちゃったんだよ。ちょろいな、おれも」

苦笑して珈琲をすする侑亮さんを見て、俺はずっと気になっていたことを聞いた。

「ひょっとして、今首に巻いてるの、その時の彼女のですか？」

片手で首元の桜色のマフラーに触れた侑亮さんは、そうみたいだな、とうなずく。

最初にここで侑亮さんを見つけた時、女物のマフラーを巻いているように見えて、一瞬違和感があったのだ。来海さんの部屋で写真を見た時、同じマフラーをしているのを見て、まさかと思ったのだが。

「でも、正直言うと、彼女とのことは半分あきらめかけててさ。なんとか付き合うまでには行ったけど、なかなか二人で過ごせる時間もなかったし、実感わかなくて。俺のこと、実は負担なのかもなって、心のどっかで思ってた」

別れ話も覚悟していたのだと、侑亮さんはぽつりと言う。

最後に会いたい人はいないのかと聞かれた時、真っ先に彼女のことを思い出したものの、口にしなかったのは、そんな気持ちが心の奥に引っかかっていたせいらしい。

「彼女の部屋に泊まりに行った時、リビングの写真立て、あわてて倒してるの見て、前の彼氏かなとか勘ぐって。そのくせ確かめたら立ち直れなくなりそうだったんで、気づかない顔してたけど、こんなことならあの時見とけばよかったな」

侑亮さんは悔やむような顔をする。

写真はまさに侑亮さんのトラウマとなった出来事の直後、屋外でのレセプションの際に撮られたものだったからだ。

「長いこと、俺の片思いだと思ってたけど、そうじゃなかったかもしれないんだよな」

残念そうに彼が言ったのは、通夜の席での彼女のことを思い出したからだろう。

来海さんは職場の上司や同僚、侑亮さんの友人たちが参列する中に現れて焼香し、彼らのいる前ではっきりと、親族の峰岸さんに侑亮さんと付き合っていたことを告げたのだ。

侑亮さんと一緒に通夜の席に来ていた俺たちも、少し離れた場所でそれを目撃した。

邪魔はしないからできるだけ近くで見送らせてほしいと懇願《こんがん》し、頭を下げる来海さんは涙も見せずに気丈な顔をしていたが、なぜか俺には今にも崩れそうに思えた。

「未練なんかないと思ってたのに。……なんで今さら気づくんだろ」

飲み終えたマグを置くと、侑亮さんはテラスの手すりに両腕をもたれ、顔を伏せる。

長い沈黙の後、侑亮さんからもれたのは、感情に濁った声だった。

「死にたくない……」

あっさり旅券を受け取ろうとした時とは別人のような烈《はげ》しさで、侑亮さんはくり返す。

「死にたくない、死にたくない……！　くそっ！」

ガツン、と手すりの支柱を蹴る強い音がテラスに響いた。

「こんなんで終われるわけないだろ。何もかもこれからだったのに、もうやり直すこともできないのかよ。……冗談じゃない。ふざけるな！」

自分が死んでも悲しむ人は多くない、と達観したように言った侑亮さんのお通夜には、会場からあふれるほどの参列者が訪れていた。

仕事の関係者もいるようだったが、大半は侑亮さんの学生時代からの友人知人たちで、俺たちが会った哲さんのように、侑亮さんの死を悼《いた》んでいた。

通路の隅で立ち話をしている取引先の社員まで、ひそかに涙ぐんでいたことを思うと、きっと慕《した》われる人だったんだろう。

たとえば今ここにいる俺なんかよりずっと、必要とされてた人のはずだ。

彼の無念はもっともなことだったから、俺が声をかけられずにいると、立ち飲みのテーブルにカップを置いて、刑部が口をひらいた。

「やり直すことができるとしたら、どうしますか？」

「え？」

その言葉に、侑亮さんだけでなく、俺まで思わず声をあげる。

刑部はおだやかな表情のまま、おもむろに上着の懐《ふところ》に手を入れた。

そこから取り出したのは、もはや見慣れた三冊の旅券だ。

「もしあなたが心からやり直したいと望むなら、戻ることができるかもしれません」

「戻るって……」

ことさなげに口にされた台詞《せりふ》に、嘆《なげ》くのも忘れたように侑亮さんが顔をあげる。

「もちろん、侑亮さんのいた現世。来海さんのいる、あの場所に、です」

にっこりと浮かべた刑部の笑みは、最上級の営業スマイルだ。

「言ったでしょう？　天国、地獄、来世でも、お好きな場所に送ってさしあげます、って」

死神に二言はありませんよ、と刑部は扇《おうぎ》のように旅券をひろげ、侑亮さんに差し出した。

「もし、あなたが本気で望むなら、もう一度、彼女のいる場所に戻れるはずです。ただし、そこで恋人になれるかは保証できませんが」

侑亮さんは突然差し出された三冊の旅券を前に、呑まれたように立ちつくしていた。

旅券を選べば、一定期間を経《へ》て、現世に戻ってくることもできる。

けれど、それは生まれ変わりと言うべきもので、もし時を置かずに現世に戻れたとしても、生まれたばかりの赤ん坊として再び人生が始まるだけのことだ。

はたしてそれで、再び彼女とめぐり会ったとして、侑亮さんは生前のように恋人の立場になれるものだろうか。

ある意味残酷な選択を突きつけられた侑亮さんは、じっと三冊の旅券を見つめていたが、躊躇《ちゅうちょ》したのは一瞬だった。彼はこわばった顔を引き締め、強くうなずく。

「わかった。それを選べばいいんだな」

侑亮さんが足を踏み出し、旅券に手を伸ばすと、旅券の色が金、銀、黒に光をおびる。

彼は迷わず真ん中の銀色の旅券を選び、その手に収めた。

「よろしいですか？　では、拝見します」

おごそかな手つきで侑亮さんから旅券を受け取った刑部は、査証のページを開く。

中を確かめた刑部の口元が、満足そうにゆっくりほころんだ。

「渡航期間はマイナス三十年」

いつも耳にするのとは異なる響きに、俺は思わず「え」と声をあげる。

「マイナス？」

侑亮さんも不可思議そうに聞き返すと、刑部はうなずいた。

「ええ。渡航後は三十年前にさかのぼり、現世に帰還の予定です。よかったですね。三十年前に戻ってやり直せますよ」

「ええと……それって過去に戻って、また生まれ直すとか、そういうことですか？」

軽い混乱をおぼえつつ、俺が確認すると、そうだよ、と刑部は笑顔を向ける。

「また、自分の人生をやり直せるのか？」

期待したように侑亮さんの目が輝いたが、刑部は静かに首を振った。

「闕侑亮さんの人生は、これで終了です。同じ人物として戻ってくることはできませんが、別人としてなら、さかのぼって生まれてくることも可能です」

ごく稀《まれ》ではあるが、そうして現世に戻るケースもあるらしい。

「魂の世界は、現世とは時間の概念が異なりますからね。必ずしも旅が、現在から未来へ向かうとはかぎりません」

刑部は旅券に万年筆を走らせると、ポンとスタンプを押し、丁重に侑亮さんに返却する。

「ありがとう」

まだどこか不思議そうにしつつも、なんだかこそばゆそうな顔で侑亮さんは旅券を受け取ると、大事そうに上着の内ポケットにそれをしまう。そのしぐさは、出張慣れしたビジネスマンらしく、まるでほんの何日か日本を離れるだけみたいに自然だった。

「最後にひとつだけ、伝言頼んでいいかな？」

「承《うけたまわ》ります」

空港のコンシェルジュよろしく刑部が身をかがめると、侑亮さんは短い伝言を口にする。

「じゃあ、おれはもう行くよ。いろいろ本当にありがとう。刑部さん、琴寄《ことより》さんも」

すっきりした表情で告げた侑亮さんに、刑部はソフト帽を胸にあて、腰を折った。

「どうか道中お気をつけて。よい旅を」

「行ってらっしゃい」

刑部と同じように礼をして、再び顔をあげると、まばゆい光に包まれる侑亮さんがいた。

「……またどこかで」

彼の唇がそんな言葉をつむいだかと思うと、次の瞬間、鳥が翼を広げるように銀色の光があふれ、侑亮さんの姿は跡形もなく消えうせる。

出立界を行きかう人にとって、それは珍しくもない光景なのか、イルミネーションを見下ろすテラスの片隅の出来事に、注意を向ける者はいない。

けれど俺はまだどこかに侑亮さんの気配が残っているような気がして、しばらくの間、手すりの上に置かれた珈琲のマグを眺めていた。


俺たちが来海さんのもとを訪れたのは、葬儀から数日後のことだった。

獣医師のところに預けていた鳥を引き取るため、病院にやってきた来海さんと、俺たちは待合室で話すことになった。

「お二人のおかげで、この子も元気になりました。ありがとうございます」

椅子の上で居住まいを正し、来海さんは頭を下げる。

移動用ケージに入れられた白いインコは、誰もいない部屋にいた時とは見違えるように落ち着いていて、時折小さく鳴いたり、嘴《くちばし》で毛づくろいをしていた。

「長く留守にしてたせいで、すっかり嫌われて、さっき会った時も何度も噛まれましたけど、それも自業自得《じごうじとく》ですから」

化粧気のない顔で淡々と口にする来海さんは、いっそうやつれたように見えたが、前に会った時よりは背筋が伸びていた。

「会社には、異動願いを出そうと思ってるんです」

「異動願い？」

「ええ。できれば出張の少ない部署に変えてもらおうと思って。この子の命は、闘くんが救ってくれたようなものですし、これからはあまり家を空《あ》けずにいようかと」

ひとり言のようにそんな告白をすると、来海さんは我に返ったようにまばたきをした。

「それで、闘くんのことで私に用件というのは、なんでしょう？」

刑部が伝言を伝えるべく、口を開きかけた時、ふと診察室から医師が出てきた。

「あ、加納さん。これ、移動用の保冷剤。今日けっこう暑いから」

はそこではない。

立襟《たちえり》の白衣を着崩したその医師は、来海さんに声をかけると、手にしたパックを渡す。

その顔を、俺は愕然《がくぜん》として見つめた。隣に座る刑部も、固まった顔で目をみはっている。

そこにいるのは、俺たちが鳥を預けに来た時に担当したのとは別の医師だったが、問題はそこではない。

「ありがとうございます。うっかりして持ってこなかったから、助かります」

驚愕している俺たちをよそに、何ごともない顔で来海さんはパックを受け取る。

医師が待合室を横切り、立ち去ると、俺はたまらず来海さんに言った。

「い、今の人、侑……闞さんに似てないですか⁉」

似ているというより、ほぼ同一人物だ。あれほどそっくりな人を目の前にして、来海さんがなぜ平然としているのかがわからない。

しかし、来海さんは俺の質問に、不審そうに眉を寄せる。

「飯原《いいはら》先生が闞くんに？　冗談でしょう？」

似ても似つかないですよと、来海さんが言うのを聞いて、俺は呆然と振り返った。待合室で会計を待つ患者に呼びかけられた医師は、足を止め、気さくに質問に答えている。

その横顔をしみじみ見ると、確かに、無精髭《ぶしょうひげ》ののびた角ばった顎《あご》といかつい体つきは、侑亮さんとはかけ離れていた。にもかかわらず、少し角度を変えただけで、ホログラムか何かのように侑亮さんの姿が映りこむのだ。

なにがどうなってるんだと混乱する俺をけげんそうに見た後、来海さんは途中になっていた話を思い出したように刑部に向き直った。

「あの、闘くんの用件について、うかがってもいいですか？」

俺と同様に医師に見入っていた刑部は、あわてて「それはですね」と説明を始める。

「闘さんが、恋人がいるって話を僕たちにもらした時に、言っていたことがあるんです。その時は冗談みたいに受けとめて、僕たちも本気にはしてなかったんですが」

そう前置きして、刑部は旅立つ前に侑亮さんが遺《のこ》した伝言を口にした。

「自分にもし万一のことがあって、もう二度と彼女に会えなくなったとしても、必ず会いに行く。別人に生まれ変わっても、絶対に会いに行く、と」

刑部の言葉を聞いた来海さんは、わずかに顔をゆがめた。それは悲しみというより怒りに似た表情で、彼女はうめくように否定する。

「闘くんがそんなこと、言うわけないです」

「え⁉　いや、ですがこれは本当に――」

刑部は必死に言いつくろったが、来海さんはうつむいてしまう。

「ひどい嘘ですね。……でも、気遣《きづか》ってくださって、ありがとうございます」

どうやら来海さんは、刑部の言葉を励ますための方便だと思ったらしい。確かにそれも無理はない。まともな状況でそんな言葉を口にすることなんて、まずありえないのだから。まして、あの医師の登場がすっかり前フリみたいになってしまったから、なおさらだ。

「本当にそうなら、どんなにいいか……」

それでも一縷《いちる》の望みにすがるように、来海さんはうつむいたまま呟いた。

移動用ケージの中で毛づくろいをしていた鳥が、彼女の動揺を察したように動きを止め、不思議そうに見上げていた。

「まいったな。まさか信じてもらえないなんて」

来海さんと別れ、駅に向かって歩きながら、気落ちしたように刑部はため息をついた。

「ああいうの、僕の場合、なぜかまじめに言えば言うほど伝わらないんだよね。楓くんの時はそんなことなかったのに、どうしてだろう」

おそらく原因は、刑部の外見にあるんだろう。ずば抜けて整った顔立ちに、俳優じみた立ち居ふるまいのせいか、刑部が何を言っても嘘くさく感じられるからだ。

「今回はタイミングが悪かったんだから、仕方ないですよ」

とはいえ、さすがにそれを告げて追い打ちをかける気になれず、俺は言った。

どうして新人の俺が励ます側に回ってるんだと突っ込みを入れつつ、話をそらす。

「そういえばあれ、どういうことなんですかね。獣医の先生、俺には侑亮さんそっくりに見えたんですが」

来海さんには全くの別人に見えているようだし、実際、あの先生の顔は侑亮さんと似ても似つかなかった。

「侑亮さん本人だよ。肉体は違うから外見上は別人に見えるけど、僕たち死神は、霊感のある人の目と同じで、魂の本質的な部分に反応するから、同じ人ならわかるんだ」

ソフト帽の山の形を整えながら、刑部は答える。

「じゃあ、侑亮さん、戻ってこられたんですね」

「うん。ただ、現世に帰還する時に侑亮さんとしての記憶は一度リセットされちゃうし、これから彼女とどうなるかは、僕にも保証できないけどね」

こればかりは、生まれ変わった侑亮さんの奮闘に期待するしかないだろう。

そうは思いつつも、現世で侑亮さんに再会できたのは単純にうれしい。向こうは死神の俺たちのことなんて覚えていないだろうけど。

「それにしても、同じ時代に同じ人が二回生まれてくるなんてこと、ありうるんですね。

侑亮さんが三十年前に生まれ変わって、あの獣医の先生になったとしたら、事故で亡くなる前の侑亮さんの人生と時間的に被っちゃうと思うんですが」

一体どんな仕組みが働いているのだろう。

「かなりハイリスクな選択だから、ごく稀《まれ》なケースではあるけどね。本人の強い意志さえあれば、同じ時代でも三回くらいはやり直しが可能だよ」

それ以上は修正が追いつかないから許可が下りないけど、と刑部はつけ加える。

「修正？」

「そう。侑亮さんが事故の直前に見たっていう自分のそっくりさんの話、覚えてる？」

確か、侑亮さんはそんなことを言っていた。場所が場所だけに、心霊現象かと思ったが。

「多分あれ、さっきの獣医の先生だと思うよ」

「え⁉」

なにげない口調で明かされ、俺はぎょっとして立ち止まった。

「同じ時代に同じ人の魂が重ねて生まれ変わってきた場合、絶対に本人同士が接触しないような仕組みが働くんだけど、それも万能じゃなくてさ。もし何らかのアクシデントで、同じ魂を持つ人間が出会うと、安全機能が作動して片方の人間が現世からはじき飛ばされちゃうんだ」

「はじき飛ばされちゃう……って」
言いぐさは軽いが、それは要するに、同じ魂の人間同士がかち合うと、片方が死ぬって
ことじゃないのか。そこまで考えた俺は、ある事実に思い当たり、青ざめる。
「てことは、侑亮さんが事故で亡くなったのって、あの先生を見たから、ですか⁉」
「おそらくね」
愕然としている俺の横で、刑部は平然とうなずいた。
「世界には三人自分と同じ顔の人間がいる、とか、自分と同じ顔した人間に会うと死ぬ、
とかいう言い伝えが昔からあるだろ？　あれってあながち迷信とも言えなくてさ。同時代
に重複した生まれ変わりで起きる、修正機能のことを言ってたりもするんだ」
ただのそっくりさんの場合もあるけどね、と刑部はつけ加えて肩をすくめる。
ハイリスクな選択だというのは、そういう意味らしい。
「……刑部さんが侑亮さんの心残りを見つけようとしたのって、そのせい、ですか？」
いつもなら死者を引き止めるようなまねはしないのに、最後に行こうとしていた場所を
探そうとしたりして、不思議に思っていたのだが。
「まあね。だって、もし侑亮さんが生まれ変わりを望んで同じ時代の現世に戻ってくると
したら、何かしら、この世に思い入れがあるはずだからさ。それを見つけないまま旅立た

せるなんて、さびしいじゃないか」

中折れ部分に指を添え、ソフト帽を頭にのせると、刑部はちらりと笑う。

相変わらず腹の読めない人だなと俺はあきれつつ、ふと疑問を感じて首をかしげた。

「ん？　もしさっきの先生が侑亮さんの生まれ変わりだとしたら、どっちの出来事が先に起きたことになるんでしょうね。三十年前だから、あの先生が生まれたのが先？　それとも、侑亮さんが事故に遭ったのが先？」

そもそも、侑亮さんが現世で来海さんと会う前から、獣医の先生はこの世に存在してたことになるわけで、理系でもない俺の思考はこんがらがる。

「言ったろ？　魂の世界では現世とは時間の概念がちがうって。僕たちみたいな下っぱの死神が考えたってわかることじゃないよ」

ばっさり追究を放棄して、刑部は指先で帽子のつばを持ちあげた。

そんな無責任な話があるかと文句を言いかけたところで、刑部の懐で携帯が鳴る。

「もう一件仕事だよ。場所は高輪《たかなわ》かぁ。急がないと間に合わないね」

スマホの画面を確認して、刑部は腕時計をいちべつする。

「……刑部さん。俺、事務所に入所して、まだ一日半しか休みもらってないんですが」

どんよりと俺がうったえると、刑部がけろりとした顔でこちらを向く。

「奇遇だね！　僕もだよ」

就職して半月。その間、休みが一日半というのはあんまりではなかろうか。

雇用契約では週休二日とあったはずなのに、イレギュラーなお客さんの対応やら、ほかの死神の応援やらで、早くも有名無実化している。ただでさえ、人に言えない仕事についてしまったというのに、もはやブラック企業の匂《にお》いしかしない。

「気づいてますか？　今、世の中ってゴールデンウィーク中なんですよ」

「そうみたいだねぇ」

スマホで乗り換えを検索しながら、刑部は気のない返事をする。

「刑部さん、連休って言葉、知ってる？」

「聞いたことはあるけど、死神の辞書にはないみたいだよ」

刑部は顔をあげると、スマホを懐にしまい、明るい声で俺をうながした。

「さあ行こうか、楓くん。お客さん待たせちゃ悪いからね！」

軽快な足取りで歩き出した刑部を見て、俺はあきらめの息をつく。

今度のお客はマラソン好きじゃないことを、俺は内心ひそかに祈った。

閑話小品　見習いも上野にいる

死神の夜は遅い。

時に、深夜と呼びたいような時間まで、死者となったお客のために奔走《ほんそう》することもある。

その日の仕事を終えた時には、もう終電近かった。

「よかったねぇ、レイラちゃん喜んでくれて」

刑部《おさかべ》はほろ酔いの上機嫌でそう振り返る。

俺たちがいるのは都内のとある繁華街だった。傍目《はため》にはキャバクラ帰りのサラリーマン二人組にしか見えないだろうが、実際そうなのだから弁解の余地はない。

と言っても、俺たちがキャバクラに行ったのは、純粋に死神の仕事の一環だ。

「伊三郎《いさぶろう》さんからの手紙読んでレイラちゃん涙ぐんでたし。伊三郎さんも感動して心おきなく旅立ってくれたしさ」

思い出してもらい泣きしたように、うんうん、とうなずきながら、刑部は涙ぐむ。

俺たちがキャバクラを訪ねたのは、高輪《たかなわ》の資産家、村野《むらの》伊三郎《いさぶろう》さんの依頼だった。

八十九歳でお亡くなりになった伊三郎さんは生前もキャバクラ通いがお盛んで、レイラという女の子が特にお気に入りだったらしい。

彼女に書き遺《のこ》した手紙を届けてもらえなければ死んでも死にきれないというので、自宅の犬小屋に隠してあった手紙を送り届けたのだ。

「世代を超えた愛ってすばらしいね！　楓《かえで》くんもそう思わない？」

映画『雨に唄えば』の主役よろしく、ソフト帽を被《かぶ》った刑部は今にも踊りだしそうな顔で両腕を広げる。さっき涙ぐんでたかと思えば、せわしない男だ。

「ああ……まあ、そうっすね」

一方俺は、ベタ凪《なぎ》のテンションで相づちを打った。

レイラさんが涙ぐんでたのは、遺産の一部を譲るという一文を見たからの気がするが、突っ込むのは野暮《やぼ》というものだろう。

伊三郎さんが犬小屋なんかにラブレターを隠したのも、キャバクラ通いを年若い奥さんにとがめられ、身体検査をされそうになったためらしい。

遺産分与の遺言書《ゆいごんしょ》は既《すで》に作成済みとかで、伊三郎さんからの手紙が届かなければ、借金を抱えたレイラさんは収入のいい風俗店に転職する予定だったというから、まあ、これで良かったということなのだろう。

刑部と伊三郎さん（の幽霊）がドーベルマンの注意を引きつける間、食い殺される恐怖と戦いながら俺が犬小屋を捜索したことだとか、伊三郎さんの遺言書が遺族に巻き起こすであろう波乱については、今は言うまい。

「うーん、いい夜だねぇ。レイラちゃんも店の子たちもいっぱいサービスしてくれたし。

おいしいお酒も経費で飲めて、しあわせだなぁ」

俺の煩悶《はんもん》をよそに刑部はご満悦で空を仰ぐ。こういう性格だと、さぞ生きるのも楽しいだろう。まあ、俺も相伴《しょうばん》に与《あずか》った身であるからして、レイラさんの幸福と、伊三郎さんの旅の無事を祈るのにやぶさかではないが。

「あ、そうだ。僕、買うものあるんだった。楓くん、悪いけどこのへんで待っててくれる？　すぐ戻るからさ」

ふと何か思い出した様子で足を止めると、刑部はそう言い置いて、ひらりと身を翻《ひるがえ》す。

このあたりは飲食店だけでなく、キャバクラや風俗店なんかも立ち並ぶ、なかなか刺激的な界隈《かいわい》だ。一体何の買い物があるのやらと思いつつ、俺はその背中を見送った。

しこたま飲まされた酒と、このところの疲れもあってか、泥でも詰まってるみたいに体が重い。これは帰ったらまちがいなく熟睡コースだろう。

このあいだのように、刑部の異変に気づかずまた寝こけるかもしれない。何か対策はないかと考えたところで、俺は通りに並ぶ一軒の店に目をとめた。

明るい光のこぼれる店先に引き寄せられ、俺はふらふらと近づく。そこには、まさに俺が考えていたような便利グッズが置かれていたからだ。

「これ……いいな」

見れば見るほど俺のイメージ通りの商品を手に取り、ためつすがめつしていると、買い物を終えた刑部が戻り、声をかけてくる。

「どうしたの？　楓くん」

「いや、これ使えるなと思って」

俺は軽い感動を覚えつつ答えた。

「使うって、どうやって」

絶句している刑部に、俺は画期的なグッズの使い方を説明する。

「このベルト、手首にはめるやつらしいんですけど、頑丈なロープがついてるんですよ。だからこれを刑部さんの手にはめてですね、反対側にあるベルトを俺がつける、と」

輪になったベルトの片方を刑部に渡し、俺はもう片方を手首に巻く真似をした。

「で、この状態で一緒に寝れば、夜中に何かあっても刑部さんがコレ引っぱるだけで俺は目を覚ますってわけです！　どうです、すごいでしょう？」

ロープの長さは調節できるようだし、手首に巻くベルトの裏側にはフカフカした毛皮が貼り付けてあり、ベルトがこすれて痛くならない工夫まで凝《こ》らされている。見れば見るほど完璧な代物《しろもの》だ。

「これさえあれば今夜から安心して寝られますよ。価格も手ごろだし。買いましょう！」

拳を固め興奮ぎみに俺が力説すると、しばらく無言でうつむいていた刑部は、ゆっくり顔をあげ、厳粛《げんしゅく》な面持《おもも》ちで俺の肩に手を置いた。

「君の心遣《こころづか》いはすごくありがたいんだけど、ここで買うのはやめておこうか」

「え、なんでですか」

これほど有意義な商品を前に、何の不満があるのかと思っていると、刑部はまじめな声で俺に告げる。

「だってここ、大人のおもちゃ屋さんだからね」

「へ…………」

硬直した俺は、ぎこちなく首をめぐらせた。とたん、驚愕《きょうがく》の表情で固まるカップルや、生温かい視線を向けてくる店員さんとばっちり目が合う。

俺が眺めていた商品のそばには鞭《むち》やら首輪やら手錠やら、特殊用途の商品ばかり並び、ＳＭグッズのコーナーが全力で展開されていた。

事の顚末《てんまつ》を知った比嘉《ひが》さんは、夜食のラーメンを噴く勢いで爆笑した。

「ぶっ……あはははははははは!!!」

「笑ったらだめだよ比嘉さん。ていうか汚っ」

麺を飛ばした同僚を見て刑部がたしなめるが、その顔も必死に笑いをこらえている。

あの後、俺たちは報告書作成のため、上野《うえの》の旅券発行事務所に戻っていた。

そこに、立て続けの飛び込み客に対応して、夕食をとる暇《ひま》もなかったという比嘉さんが残っていたのは運が悪かったというしかない。

「だっておまえ、ＳＭグッズって……」

リピートしかけた比嘉さんは、こらえきれずにぶはっと笑う。

「いやぁ、僕も楓くんがあんまり真剣に説明するから口挟めなくて。お店にいたカップルの女の子のほうはめっちゃ僕の顔見てくるし、居たたまれなかったよ」

自分の席で報告書を書きながら、刑部はしみじみ言う。

「そりゃそうだろ。おまえら二人揃ってどんな性癖《せいへき》してんだって話だよ！」

「名案だと思ったんですよ、あの時は!!」

応接セットのソファ席で笑い転げる比嘉さんに、俺はたまらず弁解した。

ほどよく酔いが回っていたのも災いしたんだろう。商品のほうにしか目が行かず、何の店か確かめなかったのが返す返すも悔やまれる。

「ホント最高だな琴寄《ことより》！　いい奴だよおまえは！」

「そうだねぇ。キラキラした目ですごいでしょうって聞かれて、つくづく僕もいい後輩を持ったなって…………ふっ、ふふっ」

「え、SM……っ。だっはははは‼︎」

二人してうなずきあったかと思うと、耐えきれなくなったように笑い声をあげる。

「だから笑いすぎなんですよ二人とも‼」

自分の机にかじりつき、俺は薄情な男たちを睨《にら》んだが、深夜のテンションもあってか、二人はなかなか笑いやまない。

刑部が店の名前を口にした時は、いっそこのまま現世を旅立ちたいと思ったが、両手に顔を埋めたいのをこらえて粛々《しゆくしゆく》と店を出るしかなかった。幸あれと祈るような店員さんの澄んだまなざしが今も忘れられない。

「いや、悪い悪い。そうだよな、こいつを心配して便利グッズを探してただけだもんな。よし！　じゃあ俺がうってつけのお道具を見つくろっといてやるよ！」

「ありがたいけど大人のおもちゃ屋さんはやめてよ。確かに便利そうだったけどさ」

「わーかってるって。俺に任せときな！」

カップ麺をすするのも忘れた様子で、比嘉さんはドンと自分の胸を叩く。

するとその時、入り口の扉が開いて、所長代理の静真《しずま》さんが事務室に入ってきた。

「すごい笑い声が外まで聞こえてたわよ。職場で猥談《わいだん》とはいい度胸ね」

大人のおもちゃやらＳＭやらの単語が耳に入ったのか、静真さんはあきれ顔だ。

「お。妙子《たえこ》さん、お疲れっす！」

そんな静真さんに比嘉さんが気さくに片手をあげると、彼女は眉を吊り上げた。

「せめて静真さんと呼びなさい。あと、そこで夜食食べるなって言ってるでしょ！」

こぼしまくってるじゃないの！　とひとしきり比嘉さんを小言責めにした静真さんは、息をついて刑部に向き直った。

「ずいぶんご機嫌な夜だったみたいね。村野伊三郎さんの件は片付いたんでしょう？」

「ええ、恙《つつが》なく」

報告書を書く手を止めて、刑部はほほえむ。

「こんな時間に終わったなら直帰《ちょっき》でよかったのに」

「一件、気になる用件がありましてね」

「気になるって……………あら？」

口を開きかけた静真さんは、俺と刑部の机の間にあるものを見て、まばたいた。

そこには、真っ白いユリの花束が置かれていたからだ。

「これ、カサブランカね。きれい……」

静真さんが目を細めるのを見て、俺は言った。

「刑部さんが買ったんですよ」

買い物があると言って刑部が姿を消したのは、これのためらしい。なんでこんな時間に花束なんか買う必要があるのか謎だが、ただでさえ目立つ男がド派手な花束を持って現れたから、よけいにあの店で誤解を振りまくはめになった。

「今日あたり、彼女《、》が来るんじゃないかと思いましてね」

当の刑部はペンを手にしたまま花束を見て、ちらりと笑う。

「ああ、そういえばそんな時期ね」

納得したように言った静真さんは、何か思い出したように「あ」と声をもらし、持っていたファイルを開けた。綴《と》じ込まれた用紙から目当てのページを見つけると、顔をあげる。

「さすがにいい勘してるわね刑部くん。例の申請、下りてるわ」

旅券持っていく？　と聞かれた刑部は、お願いします、とうなずいた。


「あー……その。俺、しばらくどっかで時間つぶしてた方がいいですかね」

入谷《いりや》のマンションに帰宅した俺は、普段着に着替えたところでおそるおそる申し出た。

カサブランカを花瓶に活ける準備をしながら、刑部がきょとんとする。

「え？　なんで？」

「さっき、誰か来るようなこと言ってたんで」

今日あたり彼女が来るとか言ってた気がするし、花まで買ってきたということは、そういうことなのだろう。同居し始めて半月近く、やたら仕事に追われて気が回らなかったが、考えてみれば刑部みたいな男に恋人がいないわけがない。一人や二人どころか、日替わりで作っていても不思議はないくらいだ。この辺りに漫画喫茶があったろうかと考えていると、刑部は俺の気遣いを察したようにくすりと笑った。

「ああ、そういうことか。いや、別に気にしないでいいよ。彼女って言っても付き合ってるとかじゃないから。楓くんは家にいてくれて全然かまわないよ」

「て言われても……」

女が訪ねてくるなら、俺がその辺をウロウロしているのも邪魔だろう。

「何なら先に寝ててよ。今日はいろいろあって疲れただろ」

「でも、俺が寝てる間に番人が出たらどうするんです」

「今夜は大丈夫じゃないかな。昨日シャワー浴びてる時に一度やっつけてもらったし」

そうだったかなと俺は記憶をたどる。毎日いろんなことが起こるせいか、それとも四六時中こいつと一緒にいるせいか、最近時間の感覚がおかしくなって困る。

「それにしても、僕の私生活、すっかり楓くんに丸裸にされてるよねぇ。まさか風呂までのぞかれるとは思わなかったよ」

何かを失ってしまった顔で刑部は憂《うれ》いがちに息をつくが、俺にだって言い分はある。

「のぞきたくてのぞいたわけじゃないですよ。むしろ俺の方こそ被害者です」

所かまわず出てくる番人が悪いのだ。男の裸なんか見たって面白くもなんともないのに、嘆《なげ》きたいのはこっちだと声を大にして言いたい。

「ま、俺がいなくても問題ないならお言葉に甘えて先に寝ます。じゃ、ごゆっくり」

いいかげんこの男のたわ言に付き合うのも疲れたので、俺はひとっ風呂浴びて寝ることにした。明日は夕方まで休みだし、ひさしぶりにぐっすり眠れそうだ。

「おやすみー」

花を活けながら能天気に声をかけてくる刑部に見送られ、俺はバスルームの扉を開ける。酔いはあらかた醒めていたが、そのかわり疲労がどっと押し寄せてくる。寝ぼけ眼《まなこ》でTシャツを脱ぎ、脱衣カゴに放りこんだところで、事件は起きた。

「あらあら、おかしいわねぇ。お家を間違えたのかしら。確かここだと思ったのだけど」

やけにはっきりした声を背後に聞いて、俺はその場に凍りつく。

油が切れたみたいな回転速度で振り返ると、そこには和服姿の女性が立っていた。

「な、な……な」

さっき扉を開けた時は誰もいなかったはずだ。俺が半裸のまま口をぱくぱくさせていると、女性は俺を見て頬に手をあてる。

「あらあなた、私の姿が見えるのね？　ごめんなさい。とんだところにお邪魔して」

コロコロと上品な声で笑う女性の足元に影はなく、俺の顔から瞬時に血の気が引く。

「お、刑部さん刑部さん!!」

バスルームから転がるように飛び出した俺は、リビングにいる刑部にうったえた。

カサブランカを活け終えた彼は、俺の姿を見るとけげんそうに問う。

「どうしたの楓くん。そんなにあわてて」

「で、で……出た！」

「出たってゴキブリ？」

「ちがう！　幽霊だよ！」

「幽霊って……」

床に尻もちをついている俺を見下ろしたところで、おっとりとした声が近づいてくる。

「私が急に声をかけたものだから、驚かせてしまったのよ。ごめんなさい」

音もなくリビングに現れた和服の女性は、申し訳なさそうにそう詫びをのべた。

「ああ、なんだ。小百合《さゆり》さんでしたか」

その顔を見た刑部は、なごやかに迎える。

「知り合い、ですか」

床に座りこんだまま俺が呆然と尋《たず》ねると、刑部はほほえんだ。

「若島小百合《わかしまさゆり》さん。僕が担当してるお客さんだよ。今日あたり顔を見せに来てくれそうな気がしてたんだ」

「なんだ……」

それならそうと言ってくれ、と俺がどっと息をつくと、刑部があきれたように言った。

「楓くん、しょっちゅうお客さんと話してるでしょ。なんで今さらそんなに驚くの」

「それとこれとは話が別なんだよ！」

亡くなった人と仕事で会って話をするのと、日常で幽霊とイレギュラーな遭遇をするのは性質がちがう。同じかもしれないが、とにかく俺にとってはちがうのだ。

「ふふ。しばらく見ないうちに、この家にも新しい家族が増えたのね」

「家族、というのとはまたちがいますけどね」

ほほえましそうに目を細めた小百合さんに、刑部は訂正する。

「あら。じゃあどんなご関係なのかしら」

「彼は先月うちの事務所に入った新人の琴寄楓です。ほら、楓くん、ご挨拶《あいさつ》して！」

刑部にせかされて俺は我に返ると、半裸のままあわてて床に正座した。

「琴寄楓です。よろしくお見知りおきください」

ぺこりと俺が頭を下げると、小百合さんも優雅な所作《しょさ》で膝《ひざ》をつき、礼を返す。

「ご丁寧《ていねい》にどうもありがとう。若島小百合です。刑部さんには毎年お世話になっているの」

「毎年？」

なにげなく口にされた言葉に、俺は違和感をおぼえて眉を寄せた。

確か、死者が旅券を受け取れる期間は一年だと聞いた気がするのだが。

「ええ、そう。私は死神のみなさんを困らせる問題児なものだから。旅券を受け取りたくないってだだをこねて、この世界に留《とど》まってから、もう三十年になるかしらね」

「三十年……」

俺が生まれるはるか前だ。それどころか、刑部も生まれてないんじゃないだろうか。

「僕は前任者から小百合さんの案内を引き継いだんだ。っていっても、小百合さんの旅券はとっくに失効しちゃってるから、再発行の手続きを取っただけだけど」

カサブランカの花瓶のそばに立ち、刑部は説明する。

「再発行って、そんなことできるんですか？」

てっきり、死者が旅券を受け取りそこねたら、永遠に現世と出立界《しゅったつかい》をさまようことになるのだと思っていた。前に、静真さんもそんなことを言っていたような気がする。

「できるよ。ただ、すごく時間がかかるけどね。旅券は本来、期限内に旅券を受け取って、現世を旅立つ人のために発行されるものだから」

「個人的な理由で旅券の受け取りを拒否したのだもの。待たされても文句は言えないわ」

達観したように小百合さんは笑う。

「でも、時間があり余っていたおかげで、生きていた時には行けなかった場所もずいぶん回れたわ。国内だけじゃなく、海外にも行ったし。退屈している暇もないくらい」

それでも、三十年という時間は、ひと口で語るには長かったはずだ。

一体どこをめぐり、何を見てきたのだろうと途方もない気持ちになっていると、小百合さんは香りに惹《ひ》かれたように顔をあげる。

「今年も飾ってくれてるのね、お花」

「ええ。お好きでしょう？　カサブランカ」

「大好きよ。私の花だもの」

小百合さんは立ちあがると、おくれ毛をかきあげ、いとおしむように白い花を眺めた。

落ち着きのあるその立ち姿は、幽霊とわかっていても、つい見とれるような気品がある。

「生きている頃は、毎年誕生日にこのお花をもらったわ。幼い頃は父に、結婚してからは主人に。今は刑部さん、あなたが」

着物の胸元に手を置いて、小百合さんがほほえむ。

「小百合さん、旅券の再発行の許可が下りました。いつでも旅立てますよ」

花に見入っている彼女に、刑部は静かに告げる。

しかし、喜ぶかに見えた彼女の表情は変わらず、「そう」とみじかく答えただけだった。

旅券を受け取ると口にするかわりに、小百合さんはふと気になった様子で「そういえば」と呟《つぶや》き、不思議そうに俺と刑部を見る。

「ここ、刑部さんのお宅かと思ったのだけど、どうして新人さんがお風呂にいたの？」

「ちょっと事情がありまして、彼とはここで同居してるんです」

刑部の答えを聞いた小百合さんは一瞬固まり、それからゆるゆると両手を頬にあてた。

「あら。あらあらあらあら！　まあまあ、それってつまり、そういうことかしら！」

頬を染めて盛り上がる小百合さんを見て、俺と刑部はけげんな顔を見合わせる。

「そういうこと？」

「いいえ、隠さなくてもいいの。私もこの三十年、そりゃあもういろんなものを見てきたのだもの。若い人から見ればおばあちゃんでしょうけれど、そういうことにも人並み以上に理解があるつもりよ？　最近は池袋《いけぶくろ》にも行って、いろいろとお勉強もしているし」

「ええと、小百合さん？　多分それ、まちがってますよ？」

刑部が引き戻そうとするが、小百合さんは自分の世界に旅立ってしまっている。

「こういう男同士の関係はなんと言うのだったかしら。お豆腐？　いえ、麩菓子《ふがし》……そう、腐女子《ふじょし》！　腐女子のみなさんがご愛読している本にも、たくさん出てきたわ。どんな障害があっても、お二人ならきっと乗り越えられるから、大丈夫よ！」

「小百合さん、ちょっと落ち着きましょうか。なんならお線香嗅《か》ぎます？」

力いっぱい励まされ、刑部は引きつった笑顔で小百合さんをなだめる。その傍《かたわ》らで、俺は三十年の月日を思った。

「一体どこで何見てきたんだよ……」

彼女のさまよえる三十年は、想像以上に闇が深そうだった。

「受け取りませんでしたね、旅券」

寝床に横になったまま、俺は言った。

小百合さんが帰っていったのは、あれからしばらく後のことだ。

忌まわしい誤解を解くまでに時間を要したが、最後にはわかってくれた……と思う。

けれど、長らく申請待ちをしていた旅券がやっと発行されたと聞いても、小百合さんは最後まで旅券を受け取ろうとはせず、帰っていったのだ。

そのせいか、疲れ切っているはずなのに、どうにも小百合さんの様子が気になって布団に入った後もすっかり目が冴《さ》えてしまった。

「彼女にはかなえたい願いがあってね。それを果たすまで旅立たないって、決めてるんだ」

窓の外の薄明かりだけが差し込む寝室の向こうから、刑部の低い声が答える。

どうやら彼も寝つけないクチらしい。

「かなえたい願いって……」

旅券も受け取らず、三十年も一人でさまようほどの願いとは、何なのだろう。

「彼女一人ではかなえられない願いだよ。それだけに、果たされる保証もないんだけど、旅券の申請が下りたなら、きっと、もうすぐなんだと思う」

彼女の願いが何なのか、もうすぐとはどういう意味なのか、刑部は口にしなかった。

「その時は僕たちが担当することになるだろうから、楓くんにもじきにわかるよ」

おやすみ、と会話を切り上げる声を聞き、俺も背を向けたまま、眠りについた。

彼女の願いについて知るまでに、そう時間はかからなかった。

二日後のゴールデンウィーク最終日、早朝の南房総《ぼうそう》。

海を臨《のぞ》む巨大な総合病院から一人のお客が旅立つのを、俺たちは見送った。

いつもと同じように刑部の手を取って出立界へ向かい、いつもと同じようにお客さんを迎えに行こうとして、そこで俺はいつもとちがうものを見た。

「え……？　ここ？」

病院を見上げる砂浜にいた俺は、一瞬の浮遊感の後に見た景色に絶句する。

確かに出立界に来た感覚はあったのに、目の前に広がる風景は全く同じだったのだ。

はてしない水平線。打ち寄せる白浪《しらなみ》と、吸いこまれそうなほど深い、空の青。

絵画よりあざやかな色彩の中で立ちつくしていると、刑部がすっと砂浜の先を指さした。

「いたよ、あそこに」

視線を向ければ、そこには痩《や》せた老人が一人、ぽつんと立っているのが見える。

すっかり白くなった頭髪、深く刻まれた皺《しわ》、それでも、痩せた体に折り目正しく背広をまとい、背筋を伸ばして水平線を眺めるのは、俺たちが担当するお客だった。

「若島広輝《わかしまひろき》さんですか」

さくさくと革靴で乾いた砂を踏みしめながら、刑部は彼に近づき、声をかける。

「はじめまして。僕は死神の刑部蒼馬《そうま》と申します。こっちは助手の琴寄楓。僭越《せんえつ》ながら、お迎えにまいりました」

刑部がそう挨拶して名刺を渡すと、広輝さんはゆっくりうなずく。

「ああ、そうか。やっとこの時が来たのか」

感慨深そうに呟くと、刑部と俺たちに向かい、丁重に頭を下げる。

「お世話になりますが、どうぞよろしくお願いします」

「こちらこそ。さっそくで恐縮ですが、最後に行きたい場所とか、お会いになりたい人はいらっしゃいますか？」

物腰はいつもと変わらなかったが、刑部は少し緊張しているように思えた。

広輝さんは考え込むそぶりもなく、そっけなく首を振る。

「いや、何も」

「そうですか……」

「僕がいちばん会いたい人は、とっくにこの世にいないから、何も思い残すことはないよ」

広輝さんの答えを聞いて、刑部は口もとにそっと笑みを刻む。

「その人に、もう一度会えるとしても、ですか?」

広輝さんがいぶかるようにまばたきをするのと、刑部が視線をめぐらせるのはほぼ同時だった。つられるように湾曲した海岸線に目を向けた広輝さんは、息をのむ。

真新しい白足袋《たび》と草履《ぞうり》が砂を踏み、ひかえめに百合《ゆり》の散る着物の裾《すそ》がわずかに揺れる。

白い日傘をさし、こちらに歩いてくる女性を見て、広輝さんの瞳がみるみる見開かれた。

「あらあなた、お疲れさま。ずいぶんあちらでのご用事に時間がかかったのね。おかげですっかり待ちくたびれてしまったわ」

日傘を傾け、小百合さんはさばけた口調で小言を言う。

「どうして」

広輝さんの口から呆然と疑問がもれると、小百合さんのおだやかな顔が怒りをおびた。

「どうして? あなたがそれをおっしゃるの? 三十年前、私に取りすがって泣きながら、あなた、おっしゃったじゃないの。あなたが先でも、僕が先でもいけない。僕たちは二人で一人なのに、どうして僕を置いていくんだって。僕たちは死ぬ時も一緒じゃなきゃだめなんだって子供みたいに号泣したこと、まさか覚えてらっしゃらないの!?」

小百合さんに詰め寄られ、広輝さんはたじたじと後退《あとじさ》る。

「いや、覚えているよ。でもまさか、死ぬ時にまたあなたに会えるなんて思わなくてね」

「まあ、なんて薄情な方！　あんなことを言われて、私が気持ちよく旅立てるとお思い？　残されたあなたが身も世もないくらい嘆き悲しむものだから、私は気になって気になって、すっかり出立の機会を逃してしまって、三十年も待つことになったのよ⁉」

「そ、それはすまない」

小百合さんの怒りを押しとどめるように、両手を胸の前に構えて広輝さんはあやまる。

「おかげで私はこの三十年、見たくもないものを何度見るはめになったか！」

すっかり火がついてしまった様子で小百合さんは恨みごとを吐きつらねた。

「あなたが従業員の女の子に言い寄られて、押し切られそうになった時だとか！」

「……すまない」

「若い後家《ごけ》さんといい仲になって、ずいぶん援助をなさった時だとか！」

「す、すまない」

「お金だけとられたあげくに後家さんに捨てられて、再婚のお話が持ち上がった時も！」

「本当にすまない」

「再婚なされればよろしかったのに、どうしてお断りしたのよ」

「それも、すまない」

「ほかにおっしゃることはないの⁉」

「ありがとう……」

小さくこぼれた言葉に、小百合さんは虚を衝《つ》かれたように口をつぐむ。

広輝さんの目からぽたりと涙が落ち、こらえきれなくなったように彼は手で顔を覆《おお》った。

「あなたに、また会えると思わなかった。……ありがとう、来てくれて」

広輝さんが言うと、小百合さんは一瞬声を詰まらせ、赤くなった目もとをごまかすようにそっぽを向く。

「またそんな顔をして。すぐ泣くんだから。しようのない方！」

あきれた口調でなじる声にも、心なしか力がない。それでも片方の手で広輝さんが顔を覆い、泣き続けていると、小百合さんは息をつき、澄んだ空と水平線を見つめた。

「この海岸、婚約時代に何度も一緒に歩いたわね」

「ここからの眺めがいちばん好きだと言っていたから」

「そのお年になっても鈍《にぶ》いのは相変わらずね。ここが好きだと言ったのは、あなたと一緒だったからよ」

ぴしゃりと告白された広輝さんは、絶句した後で「そうか」とうめく。海のほうに顔をそむけたまま、小百合さんは続けた。

「あなたに言い寄っていた従業員の女の子、私にちょっと似てたわね」

「そうだね」

「若い後家さんは、耳の形とほくろの位置がそっくりだった」

「うん……」

小百合さんは何かを振り切るようにまぶたを閉じると、ゆっくりと広輝さんを見あげる。

「さあ、もういい加減にしゃんとして！　いつまで泣いているおつもりなの？　ここにはほかにも人がいるのよ？」

「すまない」

もう一度詫びた広輝さんに、小百合さんはレースのハンカチを押しつける。

のそのそと広輝さんが目もとを拭《ぬぐ》うのを見届けると、小百合さんは俺たちに向き直った。

「なんだかお恥ずかしいところをお見せしちゃってごめんなさいね、刑部さん。新人さん。私の用事はすんだから、どこへなりと送って頂戴」

潔《いさぎよ》く言い放った小百合さんに、刑部は目を丸くする。

「もういいんですか？　せっかくだから、ご主人とどこかへ行ったりだとか」

「旅行はこの三十年で飽きるほどしたから充分よ。それともあなた、まだ私にしてほしいことがおありなの？」

小百合さんが振り返ると、広輝さんはハンカチを握りしめたまま、ぼんやりと答える。

「いや。僕はただ、もう一度あなたとこの海が見たかっただけだから……」

「だそうよ。そういうわけだから、私たちに旅券をいただける？」

小百合さんの問いにくすりと笑みをもらすと、刑部は力強くうなずいた。

「もちろん」

彼は上着の懐《ふところ》に手を入れると、いつもより多い、六冊の旅券を取り出す。

「楓くん、手伝ってくれるかい？」

刑部はそう言って、灰色の旅券を三冊ずつに分けると、一方を俺によこした。

今まで触れたことのない旅券に躊躇《ちゅうちょ》しつつ、俺はそれを受け取る。

手続きのやり方については学んでいるが、実行するのはこれがはじめてだ。

「よろしくお願いします」

緊張しつつ旅券を構えると、小百合さんはふわりと笑った。

「私のことは、新人さんが送ってくださるのね。光栄だわ」

俺の隣では、刑部がいつものように旅券を広輝さんに差し出している。

その様子を視界の端におさめた俺は、深呼吸をして小百合さんに告げた。

「どうぞ、お選びください。天国、地獄、来世でも、お好きな場所にお送りします」

小百合さんはうなずき、旅券に手をさしのべる。すると、灰色だった三冊の旅券が、金、銀、黒に光をおびた。

彼女の白い指先はためらうことなく右端の一冊にのばされ、金色の旅券をつまみあげる。

「よろしいですか？　では、お確かめします」

無言で呈示された金色の旅券を受け取ると、俺は査証のページをめくった。

とたん、白いページから金色の光があふれ、思わず俺は目をつむる。旅券には何も書かれていなかったが、脳裏には言葉ともイメージともつかない情報が流れてきて、俺はそのままそれを読みあげた。

「渡航期間無期限。渡航後の予定は未定となっております。そこに滞在するもよし、現世に帰還するもよし。行き先は、ご自由にお決めになってください」

「フリープランというわけね。いいわ、旅行はそうでなくっちゃ！」

小百合さんは俺の言葉を聞いて、うれしそうに両手を打つ。

俺はポケットから取り出した万年筆でサインを記すと、新品のスタンプをポンと押した。

「ありがとう、琴寄さん」

新人さんではなく、はじめて俺の名前を呼ぶと、小百合さんは旅券を抱きしめる。

そして、隣で広輝さんに旅券を返却する刑部をいちべつし、俺に言った。

「刑部さんのこと、よろしくね。あの人もいろいろ抱えているから。力になってあげて」

「え……？」

俺が問い返す間もなく、小百合さんは俺のそばを離れ、夫である広輝さんの隣に立つ。

「おそろいだね」

少し気恥ずかしそうに、金色の旅券を手にした広輝さんは小百合さんに話しかける。

「ええ、本当に。気が合うこと」

そっけなく返しながらも、小百合さんはうつむき、広輝さんの手を取った。

若々しさの残る白い手を確かめるように、広輝さんはしっかりそれを握りなおす。

「では、私たちはこれで失礼するわ。ごきげんよう。刑部さん、琴寄さん」

「ありがとう、死神さんたち」

新婚旅行に旅立つカップルよろしく、二人は手を握りあい、俺たちに笑顔を向ける。

「どうか道中お気をつけて」

万感を込めるように、刑部がソフト帽を胸に、最敬礼で見送る。

「……よい旅を」

刑部の最後の台詞《せりふ》を引き継いで俺も隣で頭を下げると、小百合さんが囁《ささや》くように言った。

「刑部さん、お幸せにね。きっと大丈夫よ」

最後に届いた言葉にはっと刑部が顔をあげた時、二人の姿が金色の光に包まれた。

金色の旅券からあふれた光は、まるで二人で一対《いっつい》の鳥のように、翼に似た残照を残し、一瞬にして消えうせる。

天に立ちのぼる光が二人の残したものなのか、異界を照らす太陽のせいなのか、俺にはわからなかった。

帽子を手にした刑部も、隣で口をあけた俺も、ただしばらく惚《ほう》けたみたいに、降り注ぐ光の粒に見入っていた。


「最期《さいご》の時には、大事な人が迎えに来るって言いますけど。あるんですね、そういうの」

まだ肌寒さの残る海風に吹かれ、俺は言った。

巨大な病院のビルが海岸を見下ろし、その脇を走る国道を車が行きかう。

戻ってみれば、やはりそこは出立界とはわずかに異なる、現世の景色だった。

「誰かが迎えに来るっていうのも、ある種の信仰のひとつだからね。お客さん本人が心の底から信じていれば、実際に故人がお迎えに来るよ」

海風に飛ばされるのを危ぶむように、刑部はソフト帽を手にしたまま答える。

「今回の広輝さんのケースもそうじゃないんですか？」

「ちょっとちがうかな。今回の場合はどっちかっていうと、小百合さんの希望がかなったことになるのかも」

「小百合さんの？」

「うん。彼女の望みは、広輝さんの最期の時に立ち合って、一緒に旅立つことだから」

どうちがうのかと首をひねっていると、刑部は説明する。

「広輝さんがもし、生前何らかの宗教に帰依《きえ》していれば、そちらの信仰に則《のっと》ったお迎えが来るはずだから、小百合さんの希望はかなえられない。それに、僕たち死神の世話になることになったとしても、広輝さんがもう一度会いたいと望まなければ、小百合さんは広輝さんに会うことが許されなかったんだ」

果たされる保証はないと刑部が言ったのはそのせいかと、俺は納得した。

刑部が心なしか緊張しているように見えたのも、それを危惧《きぐ》していたからかもしれない。

「よかったですね。二人一緒に旅立てて」

寄り添うように二人並んで光に包まれた姿を思い出し、俺はしみじみと嚙みしめる。

だが刑部は、どことなく気落ちしているように見えた。

「参ったよ。広輝さんがあんなに小百合さんに会いたがってたなんてさ。こっちは、広輝さんが拒否したらどうしようとか、どうやって小百合さんをなぐさめようかって気が気じゃなかったっていうのに」

刑部は帽子を振り振り息をつく。

「目の前であんな痴話《ちわ》ゲンカ見せつけられたあげくに、選んだ旅券まで一緒なんだもんな。完敗だよ、まったく」

ぶつぶつと独り言をこぼしている刑部を眺め、俺は口をひらいた。

「刑部さん、ひょっとして……」

小百合さんは毎年お世話になっていると言っていたし、刑部もわざわざ花束なんか用意して自宅に出迎えていたが、まさかひそかに気があったりなんかしたんだろうか。

ありえないような気もするが、ないこともないように思えてその先の問いを口にできずにいると、刑部が不審そうにこちらを見る。

「ひょっとして？」

「いや、べつに。それはそうと、ちょっとお願いというか、折り入って聞いてもらいたいことがあるんですが、いいですか」

俺は話をそらすと、少し前から考えていたことを口にした。

「なんだい、あらたまって」

「この仕事のことなんですが」

居住まいを正してそう前置きすると、刑部の顔がわずかに引き締まる。

「こんなことを俺から言うのもおかしいですが、死神の仕事、もっとちゃんと俺に教えてもらえませんか？　お客さん扱いじゃなく、一からしっかり仕込んでほしいんです」

できれば本気で、とつけ加えると、刑部は無言で目をみはった。

まじめな顔で答えを待っていると、ふいに刑部が横を向き、ぶっと笑いをもらす。

「ちょっ……なんですか。人が真剣に話してるってのに」

さすがにむかっ腹を立てた俺に、刑部は口もとに手をあてて笑いをこらえつつ、「いや、ごめん」と謝った。

「まじめな顔でお願いとか言うから、てっきりやめたいって言われるのかと思ってさ。心臓止まるかと思ったよ。ああよかったぁ！」

ほっとしたように息をついている刑部に、俺は毒気を抜かれて怒りのやり場をなくす。

「楓くんの気持ちはうれしいけど、ずいぶんな心境の変化だね。どうしたの？」

「ええまあ、いろいろと」

不思議そうに聞かれ、俺は言葉を濁《にご》した。

刑部の懲罰《ちょうばつ》が明けるまでの二カ月間、間に合わせのつもりで始めた死神の仕事だったが、毎日次々と現れる死者という名のお客さんを目にするうち、思ったのだ。

間に合わせのただの見習い死神として、刑部にくっついていれば、適当にお茶を濁せるかもしれないが、それはいやだと。

お客はみんな、どんな人でも、一回きりしかない人生を終えて死神に迎えられる。その時に出迎える俺が中途半端《はんぱ》な気持ちのままじゃ、それぞれの人生をしっかり終えてきた人たちに失礼だ。

この先自分がどうなるか、いつまで自分がこの仕事を続けるのかわからないとしても、せめて今この時だけでも真剣に、この仕事に向き合いたいと思ったのだ。

きっと、こんな仕事をする機会は、人生にもそうそう巡ってこないだろうから。

気恥ずかしいような、そんな心境のあれこれを刑部に説明する気にもなれず、俺が首の後ろをかいてごまかしていると、刑部はそれ以上追及せずに、明るく言う。

「まあでも、楓くんが死神の仕事を一からやりたいって言ってくれたのはよろこばしいね。ただ、僕にお願いするからには、それなりの覚悟をしてもらうけど」

「えっ」

さらりと吐かれた不穏な台詞に、俺は固まった。

「僕の本気は高くつくよ？」

帽子を頭にのせ、こちらに視線をよこした刑部を見て、早まったかと俺は一瞬後悔する。

「ぶ、分割でお願いします」

「どうかなぁ。それだと長くかかるかも」

じらすように意地悪く笑う刑部に、ふざけやがってと俺は歯嚙みする。

「だったらまとめて一括で払ってやるよ！」

「おっ。大きく出たねぇ。じゃあ今から期待しておこうかな」

さっきまでの気落ちした顔が嘘のように、刑部は機嫌よく歩き出した。

その背中を見たとたん、小百合さんから聞いた、刑部の抱える「いろいろ」という言葉が脳裏をよぎったが、まあいいかと思い直す。

必要があれば刑部は話すだろう。何も抱えてない人間なんかいやしないのだから。

砂浜に立ちつくしてそんなことを考えていると、刑部が足を止め、振り返った。

「楓くん。仕事も早く終わったし、おいしい朝ごはんでも食べてから上野に帰ろうか」

「いいすね」

朝飯と聞いたとたんに鳴りだした現金な腹を抱え、俺は砂を踏んで刑部に追いつく。

まだ上りはじめて間もない朝陽が、誰もいない海岸をあざやかに照らしていた。

※この作品はフィクションです。実在の人物・団体・事件などにはいっさい関係ありません。

集英社オレンジ文庫をお買い上げいただき、ありがとうございます。
ご意見・ご感想をお待ちしております。

● あて先
〒101-8050　東京都千代田区一ツ橋2-5-10
集英社オレンジ文庫編集部 気付
彩本和希先生

ご旅行はあの世まで？

死神は上野にいる

集英社
オレンジ文庫

2017年2月22日　第1刷発行

著　者　彩本和希
発行者　北畠輝幸
発行所　株式会社集英社
〒101-8050東京都千代田区一ツ橋2-5-10
電話【編集部】03-3230-6352
【読者係】03-3230-6080
【販売部】03-3230-6393（書店専用）
印刷所　大日本印刷株式会社

※定価はカバーに表示してあります

ISBN 978-4-08-680120-1 C0193

集英社オレンジ文庫

辻村七子

宝石商リチャード氏の謎鑑定

導きのラピスラズリ

リチャードに会うため、正義は英国へ。
だが旅の途中、意外な人物が正義に
接触をはかってきて…？

―〈宝石商リチャード氏の謎鑑定〉シリーズ既刊・好評発売中―
【電子書籍版も配信中　詳しくはこちら→http://ebooks.shueisha.co.jp/orange/】

①宝石商リチャード氏の謎鑑定
②エメラルドは踊る
③天使のアクアマリン

集英社オレンジ文庫

ひずき優
原作／やまもり三香

映画ノベライズ
ひるなかの流星

上京初日、迷子になったところを
助けてくれた獅子尾に恋をしたすずめ。
後に彼が転校先の担任だとわかって…？
さらに、人気者の同級生・馬村から
告白され、すずめの新生活と恋の行方は…。

集英社オレンジ文庫

長谷川 夕

おにんぎょうさまがた

金の巻き毛に青いガラス目。
桜色の頬に控えめな微笑——
お姫様みたいな『ミーナ』。
〝彼女〟との出会いがすべての始まり…。
五体の人形に纏わる、
美しくも哀しいノスタルジック・ホラー。